音视频普及版

国学传世经典 名师导读丛书

历代散文

总主编 胡大雷

主编 刘敬

漓江出版社

图书在版编目（CIP）数据

历代散文／胡大雷总主编. -- 桂林：漓江出版社，
2023.1
　（国学传世经典名师导读丛书）
　ISBN 978-7-5407-9313-5

　Ⅰ. ①历… Ⅱ. ①胡… Ⅲ. ①古典散文-散文集-中
国 Ⅳ. ①I262

中国版本图书馆 CIP 数据核字（2022）第 182117 号

历代散文　LIDAI SANWEN

总　主　编　胡大雷
主　　　编　刘　敬

出　版　人　刘迪才
策 划 统 筹　林晓鸿　陈植武
责 任 编 辑　林晓鸿
助 理 编 辑　覃滟迪
装 帧 设 计　林晓鸿
责 任 校 对　徐　明
责 任 监 印　杨　东

出 版 发 行　漓江出版社有限公司
社　　　址　广西桂林市南环路 22 号
邮　　　编　541002
发 行 电 话　010-65699511　0773-2583322
传　　　真　010-85891290　0773-2582200
邮 购 热 线　0773-2582200
网　　　址　www. lijiangbooks. com
微信公众号　lijiangpress

印　　　制　河北赛文印刷有限公司
开　　　本　710mm×1000mm　1/16
印　　　张　13
字　　　数　174 千字
版　　　次　2023 年 1 月第 1 版
印　　　次　2023 年 1 月第 1 次印刷
书　　　号　ISBN 978-7-5407-9313-5
定　　　价　36.80 元

前言

胡大雷

古今中外都说"上学读书"。读什么书？其中之一就是读国学经典。习近平总书记说："实现中国梦必须走中国道路、弘扬中国精神、凝聚中国力量。"中国精神，体现在中国人的行为实践中，也体现在国学经典里。国学经典集中传统文化的精华，把古往今来中国人的行为实践概括为语言文字，凝聚为学术知识。

从国学经典里，我们可以读到什么、学到什么？

第一，我们学到了中国人治国理政的作为、做人做事的规范。古代的"经书""垂世立教"，就是用以传承的治国理政的纲要，读"经书"，就是要懂得做人的规范，比如《论语》倡导的"仁礼孝德""温良恭俭让"等。做人要诚己刑物，以自己的真诚去匡正社会。

第二，我们坚定了以爱国主义为核心的民族精神，以此凝聚与铸牢中华民族共同体意识。《春秋》讲"大一统"，所谓"六合同风，九州共贯"；司马迁《史记》讲"大一统"，"大一统"是贯穿中华民族爱国主义精神的一条红线，成为中华民族的精神基因。从《诗经》到屈原的《离骚》，从杜甫的诗句中，从文天祥的《正气歌》、林则徐等人的作品中，我们看到国学经典中有着怎样的对国家民族的期望。爱国主义精神又体现在"天下兴亡，匹夫有责"的名言以及范仲淹"先天下之忧而忧，后天下之乐而乐"的豪言壮语中。

第三，我们读到了中国人的智慧。老子《道德经》说："上善若水，水善利万物而不争。"而且如此智慧的语言又体现在执行能力上，习近平总书记就提出，领导者要有老子《道德经》所说"治大国如烹小鲜"的态度。"穷则独善其身，达则兼济天下。"儒道两家为人处世的智慧体现在其中。《庄子》讲"无以人灭天，无以故灭命"，教导我们要与自然相适应；讲"言者所以在意，得意而忘言"，昭示我们要探究事物更深层面的道理。墨子讲

"言有三表"，指明判断真理的几大标准。孟子讲"说诗者不以文害辞，不以辞害志"，讲"知人论世"，以智慧去实施文学批评。这些都值得当代人借鉴。

第四，我们读到了中国人建设美好家园的奋斗精神。孔子称"大道之行也，天下为公。选贤与能，讲信修睦"为人类的理想世界；陶渊明《桃花源记》描摹的桃花源。国学经典中多有对理想社会的叙写，但更多的则是告诉我们如何通过奋斗来实现生活的目标，如"愚公移山"。习近平总书记指出："我们要立下愚公移山志，咬定目标、苦干实干，坚决打赢脱贫攻坚战。""让我们大力弘扬愚公移山精神，大力弘扬将革命进行到底精神，在中国和世界进步的历史潮流中，坚定不移把我们的事业不断推向前进，直至光辉的彼岸。"这些重要论述，赋予传统文化中的奋斗精神以新的时代内涵。

第五，我们得到了文学的享受。国学经典各有文体，它们尽显各自的风采。从语言格式来说，古老《诗经》的四言、《楚辞》的"兮"字体，又有五言、七言及其律化，曲词的长短句，无所不用，只求尽兴尽情。除诗以外，文分散、骈，不拘一格，无不朗朗上口，贴切合心。从表达功能来说，或抒情，或说理，或叙事，读者赏心悦目，便是上乘之作。

我们是中华民族的传人，一呱呱落地，就接受着传统文化的阳光雨露；我们每一个中国人，无论老幼，无论从事什么职业，都应该善于学习，多读国学经典。中华文化是我们的精神家园，国学经典是我们精神家园的文本载体。今天，我们读国学经典，就是树立做一个中国人的根本，就是为了传承中华优秀传统文化，令其生生不已，并赋予新的时代内涵。

为了帮助广大读者学习和阅读国学经典，强化记忆，编者精心选编了这套国学经典丛书，设置导读、注释、译文、点评、拓展阅读、学海拾贝等版块，对原著进行分析解读，并在每本书附加 60 分钟的音视频画面，范读内容均为经典段落、格言警句及诗词赏析。本套书参考引用了历代学者或今人的研究成果，未能详细列出，在此特别说明，并对众多国学研究者的辛勤劳动致以谢忱！

书 路 领 航

散文溯源

　　中国古代散文从有文字记事之日起便产生了，此后绵延数千年，是我国古代的主要文体。由散文编撰的著述、典籍不计其数，散文具有其他文体无可比拟的优势。

　　散文的发展大体上经历了以下几个阶段：

　　先秦时期。早期的散文内容涉及政治、军事、天文、地理、历史、律令等，内容丰富。《尚书》是第一部散文集，也是散文中的优秀代表。春秋战国时期，百家争鸣，诸子百家纷纷在散文中申述自己的观点，散文的发展繁荣起来。史家之文，如《国语》《左传》《战国策》；诸子之文，如《庄子》《孟子》《荀子》：皆包含大量具有文学价值的散文名篇。

　　两汉时期。此时期散文进一步发展，形成了新的创作高潮。文坛出现了以贾谊、晁错、刘向等为代表的作者创作的政论散文。同时，司马迁创作的传记散文《史记》，被誉为"史家之绝唱，无韵之离骚"，代表了两汉散文的最高成就。

　　魏晋南北朝时期。此时期的文人注重声律，所创作的散文内容充实、语体自然，充满了形式美和韵律美，拓宽了散文的表现领域。

　　唐宋时期。唐朝初期，王勃、骆宾王等一批文人崛起，一改六朝颓靡的文风，带来一股清新的风气。唐朝中期，韩愈、柳宗元领导了古文运动，提倡古文、反对骈文。宋代文人地位较高，散文的发展极度繁荣。北宋的欧阳修也力倡古文，苏氏父子等人同声相应，古文日渐占领文坛。

　　元明清时期。这一时期散文创作的气象不如唐宋时期，基本上是继承和发展了唐宋古文运动的精神。在晚明思潮影响下，公安派"独抒性灵"

的小品文也别具特色。

历朝历代，散文创作展现出了强大的生命力，名篇佳作层出不穷，包含了古人对宇宙万象、社会百态、人生价值的深刻认识和体验，是我们今天可资开采和提取的丰厚的精神宝藏。

艺术特色

《历代散文》选编的文章形式多样，题材丰富。通过阅读，我们既能见识到战国策士的智谋与辞令，又能见识到金鼓连天、千军万马的战争场面，还能欣赏到我国古代或秀丽或恢宏的名胜古迹……

本书中所选散文，都是历代流传下来的名篇，经历了时间的淘洗。这些文章，或铺陈其说，放言无惮；或深于比兴，善于取象；或音情顿挫，文质兼美。而无论叙事、说理、抒情，皆有作者道德、理想、人格的投射，彰显出中国文学的形式美、情感美和思想光芒。

唐代的韩愈、柳宗元提倡古文，反对骈文，摒弃了陈词滥调，一改六朝以来的颓废之风，在继承前朝优秀传统的基础上，吸收当代口语，熔铸提炼，形成了适合当时社会的流畅简洁、"不尚雕彩"的散文语言。宋代欧阳修、苏轼等也极力支持这种主张，并对语言进行了加工和改造，形成了更为平易畅达、生动自然的书面语言。因此唐宋时期文章的语言很朴实、真挚，读起来很流畅。本书精心选取了多篇唐宋时期的名篇。

本书中所选取的文章绝非仅仅是叙事、写景，也不是只侧重于卓越的文采，那些具有深刻的道理或崇高的思想境界的文章也是我们的重点选取对象。这些短小精悍的散文是当时政治概况、历史风情等的体现，每篇文章都有其历史背景，蕴含着作者深沉的情感和深刻的思考，具有很强的现实性。例如，《岳阳楼记》之所以能流芳千古，绝不仅仅是因为文中对美景的描写，作者将客观的自然景观同览物之情相结合，引出的"先天下之忧而忧，后天下之乐而乐"的崇高胸怀和高尚道德才是真正打动人心的地方。

情感体验

《历代散文》中选录了历朝历代的诸多杰作，内容涉及传统文化的方方面面。它们是我国博大精深的思想文化的载体，意义非凡。作者浓郁的思想感情会带给我们很大的震撼，下面我们就来具体探讨一下。

爱国情怀。在本书的多篇散文中，我们都可以感受到作者崇高的爱国情怀。爱国主义是中华民族千百年来所形成的伟大的民族精神的核心。它体现了对国家和人民的一种深厚感情，表现为为国奉献、对国尽责，是中华民族的精神支柱和精神财富。如范仲淹在《岳阳楼记》中说："不以物喜，不以己悲。居庙堂之高，则忧其民；处江湖之远，则忧其君。"就是说不要因为自己的得失而或喜或悲，无论是居庙堂之高还是处江湖之远都应先忧国忧民。这种崇高的立意，是这篇散文最受推崇的地方。又如《屈原列传》中的屈原，他一身才华，满腔报国志，却惨遭小人的极力诋毁，两次被流放。即便如此，他依然心系楚国，为楚国的命运担忧，九死不悔。《屈原列传》这篇散文将屈原的拳拳报国心、殷殷故国情表现得淋漓尽致，也紧紧抓住了读者的心。

豁达处世。本书中收录的都是脍炙人口的名篇，其作者必然才气过人、能力卓越，可是他们中却有很多人仕途不顺，多遭贬谪。即便壮志难酬、半生潦倒，他们也没有一蹶不振、消极厌世，没有违背自己的初心，与奸佞同流合污。从文章的字里行间，我们可以感受到古人宽广的心胸、豁达的心态。如欧阳修的《醉翁亭记》就写于贬谪期间，仕途不顺令作者的内心难免抑郁，但他并未因此而悲观、沉沦，相反，他尽心治理滁州，与民同乐。这样豁达的人生观给无数后人以强大的精神力量。

借古讽今。本书中的诸多篇章的写作目的是借古讽今。那些仁人志士总结前朝灭亡的经验教训，得出施行仁政国家才能长治久安的结论，警醒当朝统治者要以史为鉴、体恤民生、励精图治，不可荒淫无度、贪图享乐、不辨忠奸、刚愎自用，否则便会重蹈覆辙。如贾谊在《过秦论》中写道："仁义不施，而攻守之势异也。"杜牧在《阿房宫赋》中说："使六国各爱其人，则足以拒秦。秦复爱六国之人，则递三世，可至万世而为君。"这些文章都体现出了得民心者得天下的思想，向当朝统治者发出了警告。

目录

CONTENTS

目录

CONTENTS

郑伯克段于鄢

扫码看视频

名师导读

　　《左传》，《春秋左氏传》的简称，又名《左氏春秋》。相传为鲁国史官左丘明所作，是我国第一部体例完备的编年体史书。本篇选自《左传·隐公元年》，题目为后人所加，讲述的是春秋时期郑国统治集团内部的权力斗争。郑武公娶了申侯的女儿武姜为妻，生下庄公和共叔段两个儿子。因为生庄公的时候难产，武姜非常厌恶庄公，而偏爱小儿子共叔段。武公死后，庄公即位。武姜对此非常不满，暗中支持小儿子做国君。双方矛盾逐渐加剧，庄公起初不动声色，直至弟弟发动叛乱，才一举将其击败，还立下不到黄泉不与母亲相见的誓言。后来在颍考叔的劝谏之下，母子关系才恢复如初。本篇在记述重大政治事件的同时，又刻画了鲜明的人物形象，具有相当高的艺术水平。明代文人钟惺曾这样评价："庄公之狠，叔段之痴，姜氏之愚，可谓三绝。"

【原文】

　　初①，郑武公娶于申②，曰武姜③，生庄公及共叔段④。庄公寤生⑤，惊姜氏，故名曰寤生，遂恶（wù）之。爱共叔段，欲立之，亟⑥请于武公。公弗许。

【注释】

① 初：当初。这是回溯往事时的说法，许多古代典籍都习惯这样开头。

② 郑武公：名掘突（一作滑突），郑国的第二代国君。郑，国名，在今河南新郑一带，姬姓封国。申：国名，在今河南南阳一带，姜姓封国。

③ 武姜：郑武公的妻子，以她丈夫的谥号"武"和娘家的姓"姜"为名。

④ 庄公：郑武公嫡长子，郑国第三代国君。共（gōng）叔段：郑庄公的弟弟，名段，叔是他的排行。共，国名，在今河南辉县一带，叔段后来出逃到共国，故称他为共叔段。

⑤ 寤（wù）生：难产的一种，胎儿脚先出来。寤，通"牾"，逆，倒着。

⑥ 亟（qì）：屡次。

【译文】

从前，郑武公从申国娶了一个妻子，叫作武姜，武姜生下了庄公和共叔段两个儿子。（武姜生）庄公的时候难产，受到了惊吓，因此武姜给这个孩子起名叫寤生，并且对他心生厌恶。（武姜）偏爱共叔段，想立他为（世子），（她）屡次向武公请求。武公始终没有答应。

【原文】

及庄公即位，为之请制①。公曰："制，岩邑②也，虢叔③死焉。佗邑唯命④。"请京⑤，使居之，谓之京城大叔⑥。

【注释】

①请制：请求以制为封地。制，郑国邑名，在今河南荥（xíng）阳西北。

②岩邑：险要的城邑。

③虢（guó）叔：东虢国的国君。

④佗邑唯命：别的地方，听从您的吩咐。佗，同"他"。

⑤京：郑国邑名，在今河南荥阳东南。

⑥大（tài）叔：太叔，对共叔段的敬称。大，同"太"。

【译文】

等到庄公即位的时候，（武姜）便替共叔段请求分封到制邑去。庄公说："制邑是个地势险要之处，（当年）东虢的国君就死在了那里。若是其他城邑，我一定会按照您的吩咐办。"（武姜）又请求（庄公将共叔段分封到）京邑，（庄公同意）让（共叔段）居住在那里，（那里的百姓）称他为京城太叔。

【原文】

祭仲①曰："都城过百雉②，国之害也。先王之制：大都（dū）不过参国之一③，中五之一，小九之一。今京不度④，非制⑤也，君将不堪⑥。"公曰："姜氏欲之，焉辟害⑦？"对曰："姜氏何厌之有⑧！不如早为之所⑨，无使滋蔓⑩，蔓难图⑪也。蔓草犹不可除，况君之宠弟乎！"公曰："多行不义必自毙⑫。子姑待之⑬。"

【注释】

①祭（zhài）仲：祭足，郑国大夫。

②雉（zhì）：古代计算城墙面积的丈量单位，古代城墙长三丈、高一丈为一雉。

③参国之一：国都城墙的三分之一。参，同"三"。下文"五之一"和

"九之一"，则分别指国都城墙的五分之一和九分之一。

④不度：不合法度。

⑤非制：不是（先王定下的）制度。

⑥不堪：控制不住。

⑦辟害：躲避祸害。辟，通"避"。

⑧何厌之有："有何厌"的倒装句，怎么会满足呢？厌，通"餍"，满足。

⑨为之所：给他安排地方。

⑩滋蔓：滋长蔓延。这里指势力发展壮大。

⑪图：对付。

⑫自毙：自己走向灭亡。

⑬子：您，古时对男子的尊称。姑：姑且，暂且。

【译文】

　　大夫祭仲说："分封的都邑的城墙如果超过百雉，那就是国家的祸害。先王定下的制度规定：一般的大城邑的城墙不能超过国都城墙之长的三分之一，中等大小的城邑的城墙不能超过国都城墙的五分之一，小城邑的城墙不能超过国都城墙的九分之一。现在京邑的城墙不符合法度，违背了（先王定下的）制度，这会使您无法控制。"庄公说："姜氏想要这样，我如何能躲避这种祸害呢？"（祭仲）回答道："姜氏哪有满足的时候！不如及早给太叔安排一个合适的地方，不要让他的势力发展壮大，否则祸患一旦蔓延就难办了。蔓延滋长的野草尚且不易铲除，更何况是您那受到宠爱的弟弟呢？"庄公说："不义的事做多了，一定会自受其害。你姑且等着瞧吧。"

【原文】

　　既而大叔命西鄙、北鄙贰于己①。公子吕②曰："国不堪贰，君将若之何③？欲与④大叔，臣请事⑤之；若弗与，则请除之，无生民心⑥。"

公曰："无庸⑦，将自及⑧。"

【注释】

①既而：不久。鄙：边邑，边地。贰于己：意为使原来庄公直接管辖的地方同时也属自己管辖。贰，从属二主。

②公子吕：字子封，郑国大夫。

③若之何：拿它怎么办？

④与：给予。

⑤事：服侍，侍奉。

⑥生民心：使人民产生别的想法。

⑦无庸：不用，指暂时不必除掉共叔段。庸，用，需要。

⑧及：赶上。指叔段遭到（灾祸），自取灭亡。

【译文】

没过多久，太叔就让原来听命于庄公的西部和北部的边邑也听命于自己。公子吕说："一个国家不能有两位君主，您想如何应对这样的局面呢？假如您打算将郑国交给太叔，那么我请求前去侍奉他；如果您不给他，就请您除掉他，不要让百姓产生其他的想法。"庄公说："不用除掉他，他自己将要遭到灾祸的。"

【原文】

大叔又收贰以为己邑，至于廪延①。子封曰："可矣。厚将得众②。"公曰："不义不昵③，厚将崩。"

【注释】

①至于廪（lǐn）延：指共叔段的领地和势力范围扩展到廪延。廪延，郑国城邑名，在今河南延津北。

②厚：本义是指山陵大，这里指领地扩大，实力雄厚。众：更多的人，指人民、百姓。

③昵（nì）：亲近，这里有拥护、拥戴的意思。

【译文】

太叔又把两属的边邑改为自己统辖的地方，势力一直扩展到廪延。公子吕说："可以行动了！他的实力一旦雄厚，就会得到更多人的拥戴。"庄公说："做不义的事，百姓就不可能拥戴他。（他实力再）雄厚，也终将崩溃。"

【原文】

大叔完聚①，缮甲兵②，具卒乘③，将袭郑，夫人将启之④。公闻其期，日："可矣！"命子封帅车二百乘以伐京。京叛大叔段，段入于鄢⑤。公伐诸⑥鄢。五月辛丑⑦，大叔出奔共。

【注释】

①完：修葺，指修治城墙。聚：聚集，指聚集百姓。

②缮甲兵：修整作战用的甲衣和兵器。缮，修整。

③具：准备。卒：指步兵。乘（shèng）：指用四匹马拉的战车。

④夫人：指武姜。启之：指为共叔段打开城门做内应。

⑤鄢（yān）：郑国邑名，在今河南鄢陵一带。

⑥诸：兼词，之于，其中"之"指代叔段。

⑦五月辛丑：古代以天干地支纪日，这里指隐公元年五月的二十三日。

【译文】

太叔修治城郭，聚集百姓，修整盔甲武器，准备好步兵战车，将要偷袭郑国都城，姜氏准备作为内应，为他打开城门。庄公知道太叔偷袭的时间后，说道："可以出击了！"于是命令公子吕率领二百辆战车去讨伐京邑。京邑（的百姓）都背叛了太叔，于是他逃到了鄢邑。庄公去鄢邑讨伐他。五月二十三日，太叔逃到了共国。

【原文】

书①曰："郑伯②克段于鄢。"段不弟③，故不言"弟"。如二君④，故曰"克"⑤。称"郑伯"，讥失教⑥也，谓之郑志⑦。不言"出奔"⑧，难之⑨也。

【注释】

①书：指相传为孔子所修的《春秋》一书，"郑伯克段于鄢"是《春秋》的原经文。

②郑伯：指郑庄公。郑国国君的爵位是"伯"，所以称郑伯。

③不弟：不遵守作为弟弟的本分。

④如二君：指庄公和叔段之间的斗争，如同两个敌国国君间的斗争。

⑤克：战胜。

⑥失教：失于教诲和管教。指庄公本有教弟之责而未教。

⑦郑志：郑庄公的意图。

⑧出奔：奔，逃亡。春秋笔法，凡记某人出奔，表示这人犯了罪逃走。

⑨难之：指责备郑伯故意促成其弟的不臣不弟行为。

【译文】

《春秋》中记载："郑伯克段于鄢。"共叔段不遵守做弟弟的本分，所以不用"弟"字。（兄弟俩）像两国国君（一般争斗），所以用"克"字。将（庄公）称为"郑伯"，是讥讽他（对弟弟）有失教导，也道出了郑庄公的本意。不说（共叔段）自己逃走，含有谴责郑伯将共叔段逼走的意思。

【原文】

遂置姜氏于城颍①而誓之曰："不及黄泉②，无相见也！"既而悔之。

【注释】

①城颍：郑国邑名，在今河南临颍西北。
②黄泉：地下的泉水。多指人死后埋葬的地方。

【译文】

于是，（庄公）把武姜安置到城颍，并对她发誓说："不到黄泉，（我们）就不要再见了！"没过多久，庄公又后悔了。

【原文】

颍考叔为颍谷封人①，闻之，有献于公。公赐之食，食舍肉，公问之，对曰："小人有母，皆尝小人之食矣，未尝君之羹，请以遗②之。"公曰："尔有母遗，繄我独无③！"颍考叔曰："敢问何谓也④？"公语⑤之故，且告之悔。对曰："君何患焉！若阙⑥地及泉，隧⑦而相见，其谁曰不然？"公从之。公入而赋："大隧之中，其乐也融融。"姜出而赋："大隧之外，其乐也泄泄⑧。"遂为母子如初。

【注释】

①颍考叔：郑国大夫。颍谷：郑国的边疆城邑，在今河南登封西南。封人：镇守疆界的地方官员。

②遗（wèi）：赠予。这里是带给的意思。

③繄（yī）我独无：我却单单没有啊。繄，句首语气词。

④敢：表谦敬的词。何谓：等于"谓何"，说的是什么意思？

⑤语（yù）：告诉。

⑥阙（jué）：通"掘"，挖。

⑦隧：隧道，这里用作动词，指挖隧道。

⑧泄（yì）泄：舒畅快乐的样子。

【译文】

有个叫颍考叔的人，是管理郑国边邑颍谷的地方官，他听说了这件事，就献上了贡品给郑庄公。庄公赐给他食物，他在吃的时候，把肉都放在一边不吃。庄公问他其中的缘故，他回答说："小人家中有老母，我吃的东西她都尝过，只是还没有尝过国君所赏赐的肉羹，请让我给母亲带回去。"庄公说："你有母亲可以孝敬，唉！只有我没有！"颍考叔说："请恕小人斗胆问一下，为什么会这样呢？"庄公把原因告诉了他，还告诉他后悔的心情。颍考叔说："国君您忧虑什么呢？如果掘地直到见到泉

水，挖出隧道并在其中相见，谁又能说是违背誓言呢？"庄公听从了颍考叔的话。庄公进入隧道（见武姜），赋诗说："宽阔的隧道中，多么快乐和睦啊！"武姜走出隧道，也赋诗说："宽阔的隧道外，多么舒畅快乐啊！"于是，他们母子和好如初。

【原文】

君子曰①："颍考叔，纯孝也。爱其母，施及庄公。《诗》曰：'孝子不匮，永锡尔类。'②其是之谓乎！"

【注释】

①君子曰："君子曰"是《左传》中的一种史评形式。君子，指道德高尚的人。

②"《诗》曰"句：这两句诗出自《诗经·大雅·既醉》，意思是孝子的孝心没有穷尽，永远感化和影响着你的同类。匮（kuì），穷尽。锡，通"赐"，给予。

【译文】

君子说："颍考叔是真正孝顺的人。他不仅孝顺自己的母亲，还把这种孝心延伸到郑庄公身上。《诗经》说：'孝子的孝心没有穷尽，永远能感化你的同类。'这说的应该就是颍考叔这类真正孝顺的人吧！"

点师名评

作者不仅记述了重要的历史事件，更以文学性的笔触和史学家的深刻，为我们留下了精彩的历史剪影。姜氏的任性偏私，共叔段的骄纵贪婪，郑庄公的老谋深算，以及他们言行背后隐藏的心理动机，都通过简洁含蓄的文字得以呈现。明代散文大家归有光称赞本篇为"左氏笔力之最高者"。此外，郑庄公母子、兄弟之间的关系，也反映出封建宗法制度下血缘亲情与权力争夺的矛盾。我们新时代的家庭关系，既要继承母慈子孝、兄友弟恭的传统美德，又应区别于带有封建宗法色彩的僵化关系，回归到亲情与爱的本身。

延伸/阅读

春秋列国

春秋时期（公元前 770 年—公元前 476 年）是我国历史上第一次全国性大分裂的形成时期。下面对当时几个较为重要的诸侯国加以介绍。

齐国：祖先为周朝开国功臣姜尚。春秋时期，著名的政治家齐桓公依靠谋士管仲整顿国政，几年之间实现富国强兵，到公元前 679 年已称霸北方。

晋国：祖先为周成王弟唐叔虞。东周初期，晋献公在绛（今山西翼城一带）建都，开始了晋国的霸业。春秋后期，其统治出现危机，最终分裂成韩、赵、魏等几个独立的诸侯国家，史称"三家分晋"。

秦国：公元前 770 年，秦襄公因护送周平王东迁有功，被封为诸侯，始建秦国，又被赐封岐山以西地区。到秦穆公时，先后将西方戎族所建立的国家打败，开辟千余里国土，为之后秦国的强盛奠定了基础。

郑国：春秋初年，郑国异常活跃，甚至连强大的齐国也会向郑国求助。郑庄公时代，因肃清内部，外部侵夺许国，打击和削弱宋、卫、陈、蔡四国，成为当时最强盛的国家。

楚国：祖先出自上古部落首领颛（zhuān）项（xū）高阳氏。春秋初期，楚国实力渐强。因地处中国南方，常与中原各诸侯发生战事，借此先后吞并邻近的弱小诸侯国，成为春秋前期中国南方的主要强国之一。

学海/拾贝

☆ 多行不义必自毙。

☆ 不义不昵，厚将崩。

☆ 大隧之中，其乐也融融。

☆ 大隧之外，其乐也泄泄。

☆ 孝子不匮，永锡尔类。

曹刿论战

扫码看视频

名师导读

　　本篇题目为后人所加。讲述的是公元前684年的齐、鲁长勺之战，是《左传》中描写战争的名篇。散文紧扣"论战"，记述了鲁国以弱胜强的战争过程，也展现了曹刿的"远谋"。强齐攻鲁，曹刿主动请见鲁庄公，战前谨慎分析国情，战时准确把握战机，战后总结战略战术。其中对战争规律的总结，在军事上也有着深远影响，毛泽东《中国革命战争的战略问题》即援引了这一典型战例。同时，散文叙议结合，详略得当，深得文学评论家称赞。《古文眉诠》中有评价说："显语见微，爽语见奥，政本军机皆具。孙吴不能出乎其宗。左氏所以为言兵之祖也。"

【原文】

　　十年①春，齐师伐我②。公③将战，曹刿④请见。其乡人曰："肉食者⑤谋之，又何间⑥焉？"刿曰："肉食者鄙，未能远谋。"乃入见。

【注释】

①十年：鲁庄公十年（公元前684年）。

②齐师：齐国的军队。我：指鲁国。齐、鲁两国，均在今山东境内。

③公：诸侯的通称，这里指鲁庄公。

④曹刿（guì）：鲁国的一位有识之士。

⑤肉食者：吃肉的人，指位高权重的人。

⑥间（jiàn）：参与。

【译文】

鲁庄公十年的春天，齐国的军队攻打鲁国。鲁庄公准备迎战，曹刿请求面见鲁庄公。他的同乡人说："位高权重的人自会谋划这件事，你又何必参与其中呢？"曹刿说："有权有势的大人物往往目光短浅，不能深谋远虑。"于是入朝去见鲁庄公。

【原文】

问："何以战①？"公曰："衣食所安，弗敢专也②，必以分人。"对曰："小惠未遍，民弗从也。"公曰："牺牲③玉帛，弗敢加④也，必以信。"对曰："小信未孚⑤，神弗福⑥也。"公曰："小大之狱⑦，虽不能察，必以情⑧。"对曰："忠之属也⑨，可以一战。战则请从。"

【注释】

①何以战：即以何战，凭借什么作战。

②衣食所安，弗敢专也：衣食这些养生的东西，不敢独自享受。专，独自享有。

③牺牲：指祭祀用的纯色牲畜。

④加：夸张虚报。

⑤孚（fú）：使信服。

⑥福：赐福，保佑。

⑦狱：诉讼案件。

⑧情：实际情况。

⑨忠之属也：（这是）尽了本职的一类（事情）。忠，尽力做好本分的事。属，类。

【译文】

（曹刿）问（鲁庄公）："您凭借什么作战？"鲁庄公说："衣食这一类养生东西，不敢独自享有，一定会分给大家。"（曹刿）回答："这种小恩小惠不能遍及每一个人，人民是不会跟从（您）的。"鲁庄公说："祭祀用的纯色牲畜、玉器、丝织品等，我从来不敢夸大数目，（祝祷时）一定诚实不欺。"（曹刿）回答："这样的小诚小信，不能取得神灵的信任，神灵是不会保佑（您）的。"鲁庄公说："大大小小的诉讼案件，即便不能一一明察，也一定根据实际情况裁夺。"（曹刿）回答："这才是尽了本职的一类事情啊，可以凭借这一条件打一仗。如果作战，请允许（我）随从您一同去。"

【原文】

公与之乘，战于长勺①。公将鼓之②，刿曰："未可。"齐人三鼓，刿曰："可矣！"齐师败绩③。公将驰之④，刿曰："未可。"下，视其辙⑤，登轼⑥而望之，曰："可矣！"遂逐齐师。

【注释】

①长勺：鲁国地名，其故地在今山东莱芜东北。

②鼓之：指击鼓发起对齐军的反攻。古代发动进攻时以击鼓为号。鼓，这里作动词，即擂鼓。下文的"三鼓"，指三次击鼓进攻。

③败绩：军队溃败。

④驰之：指驱驰兵车追击齐军。驰，驱车马追赶。

⑤辙（zhé）：车辙，车轮轧过后所留下的痕迹。

⑥轼（shì）：古代车厢前面用作扶手的横木。这里用作动词，指扶着车前横木。

【译文】

到了那一天，鲁庄公和曹刿同坐一辆战车，在长勺和齐军作战。鲁庄公准备击鼓（发起对齐军的反攻），曹刿说："还不行。"齐军三次擂鼓进攻，曹刿说："可以（反攻）了！"齐军大败，鲁庄公准备驱驰兵车追击齐军，曹刿说："还不行。"（曹刿）下车，仔细察看齐军车轮碾出的痕迹，又登上战车，扶着车前横木远望齐军的队形，这才说："可以追击了！"于是（下令）追击齐军。

【原文】

既克①，公问其故，对曰："夫②战，勇气也。一鼓作气，再而衰，三而竭。彼竭我盈，故克之。夫大国，难测也，惧有伏焉，吾视其辙乱，望其旗靡③，故逐之。"

【注释】

①既克：已经战胜。既，已经。克，战胜。

②夫：句首语气词，表示将发议论，无实义。

③靡（mǐ）：倒下。

【译文】

战胜齐军之后，鲁庄公问曹刿取胜的原因，曹刿回答："作战，离不开勇气的支撑。第一次击鼓能够振作士兵们的士气，第二次击鼓士兵们的士气就开始降低了，第三次击鼓士兵们的士气就耗尽了。他们的士气已经耗尽而我军的士气正盛，所以才战胜了他们。像齐国这样的大国，他们的战术难以捉摸，恐怕他们有埋伏，我观察到他们的车辙凌乱，望见他们的旗帜倒下了，所以才下令追击他们。"

点师
名评

　　长勺之战是历史上著名的以弱胜强的战例。战前曹刿对鲁国的情况进行了精准的分析，在战争开始后曹刿又能很好地把握反攻和追击的时机，所以鲁国打败了比自己强大的齐国。文章中的灵魂人物曹刿，忧国忧民，深谋远虑，知己知彼，运筹帷幄，展现出了卓越的政治才能和军事才能。鲁庄公虽然没有曹刿那么卓越的才能，可他知人善任，爱护臣民，能够虚心采纳臣子的意见，是一位开明的君主。正是由于君臣团结，取信于民，再加上曹刿运用了正确的战略战术，鲁国才终能以弱胜强。

延伸/阅读

礼乐之邦——鲁国

　　鲁国是周朝的众多诸侯国之一，属于姬姓"宗邦"，原为诸侯"望国"。鲁国对周礼非常看重，因此当时人们称"周礼尽在鲁矣"。各国诸侯想要学习、了解周礼，通常也会前往鲁国，因此，鲁国被誉为礼乐之邦。在当时，鲁国甚至可以说是周王室的代表，担负着镇抚周边部族，传播宗周文化，推行周朝礼乐的重要使命。

　　礼乐传统在鲁国根深蒂固，对其社会发展产生了巨大影响。鲁人认为，礼能够"经国家，定社稷，序民人，利后嗣"，因此对推行周礼非常积极。即使入东周以来，出现了"礼坏乐崩"的局面，鲁国仍有像臧僖伯、臧哀伯、臧文仲、柳下惠、曹刿、叔孙豹、孔子等众多知礼之人。此外，曾任鲁国史官的《左传》的作者左丘明也是以知礼、明礼而闻名。

　　春秋时期，鲁国的实力并不强大，但仍有不少小国至鲁来朝。小国亲鲁的主要原因就是鲁为周礼所在。春秋末年，孔子对社会中违背礼乐制度的现象心存不满，期望令周礼恢复如初，于是以礼乐之学教学收徒，创立儒学。

鲁国被楚国所灭后，鲁国的礼乐传统并没有被废除。孔门师徒为其发展不遗余力，已经使礼乐传统深入人心。礼乐到了汉朝又得到了较大发展，直至今日依然有其闪光之处。

学海/拾贝

☆ 小惠未遍，民弗从也。

☆ 小大之狱，虽不能察，必以情。

☆ 一鼓作气，再而衰，三而竭。

子鱼论战

扫码看视频

名师导读

选自《左传·僖公二十二年》。题目为后人所加，讲述的是公元前638年的宋楚泓水之战。宋襄公讨伐郑国，楚国为增援郑国而讨伐宋国。宋襄公不听大司马子鱼的劝谏而执意应战，并几次贻误战机，最终惨败。战后，宋襄公以"仁义"为借口为自己的失败辩护，子鱼则予以反驳。对比之下，宋襄公的迂腐和子鱼的明智皆跃然纸上。很多历史学家认为，宋襄公才智平庸却又企图称霸，失败后又文过饰非，体现出一种欺世盗名的心理。苏轼《宋襄公论》曾说："宋襄公非独行仁义而不终者也。以不仁之资，盗仁者之名尔。"

【原文】

楚人伐宋以救郑。宋公①将战，大司马固②谏曰："天之弃商久矣③，君将兴之，弗可赦也已。"弗听。

及楚人战于泓④。宋人既成列，楚人未既济⑤，司马曰："彼众我寡，及其未既济也，请击之。"公曰："不可。"既济而未成列，又以告。公曰："未可。"既陈⑥，而后击之，宋师败绩。公伤股⑦，门官⑧歼焉。

国人皆咎公。公曰："君子不重伤⑨，不禽二毛⑩。古之为军也，不以阻隘也。寡人虽亡国之余⑪，不鼓⑫不成列。"

子鱼曰："君未知战。勍敌⑬之人，隘⑭而不列，天赞⑮我也；阻而鼓之，不亦可乎？犹有惧焉。且今之勍者，皆吾敌也，虽及胡耈⑯，获则取⑰之，何有于二毛⑱？明耻教战⑲，求杀敌也。伤未及死，如何勿重？若爱重伤，则如勿伤；爱其二毛，则如服⑳焉。三军以利用也㉑，金鼓以声气也㉒。利而用之，阻隘可也；声盛致志，鼓儳㉓可也。"

【注释】

①宋公：宋襄公，名兹父。

②大司马：官名，掌管军政。固：公孙固，字子鱼，是宋襄公的庶兄。

③天之弃商久矣：上天抛弃商已经很久了。宋国是商朝的后裔，商亡于周，所以有此说。

④泓：泓水，在今河南柘（zhè）城西北。

⑤既：尽。济：渡过。

⑥陈：同"阵"。这里作动词，即摆好阵势。

⑦股：大腿。

⑧门官：国君的卫队。

⑨重（chóng）伤：再次伤害已受伤的人。重，再次。

⑩禽：同"擒"，擒获，俘虏。二毛：头发斑白，代指老人。

⑪寡人：国君的自称。亡国之余：亡国者的后代。宋襄公是商朝王室的后代，商亡于周。

⑫鼓：名词作动词，击鼓（进军）。

⑬勍（qíng）敌：强敌。勍，强而有力。

⑭隘：这里作动词，处在险隘之地。

⑮赞：助。

⑯胡耇（gǒu）：年纪很大的人。胡，颔下垂肉。

⑰取：割下左耳。古代作战以割取敌人尸体首级或左耳计数论赏。

⑱何有于二毛：还管什么头发是否花白。

⑲明耻教战：使士卒知道什么是耻辱，教导他们怎样作战。

⑳服：（对敌人）屈服。

㉑三军：春秋时，诸侯大国有三军，即左军、中军、右军。这里泛指军队。利用：抓住有利的战机作战。用，施用，这里指作战。

㉒金鼓：古时作战，击鼓进兵，鸣金收兵。金，金属响器。声气：振作士气。

㉓儳（chán）：不整齐。此指不成阵势的军队。

【译文】

楚国攻打宋国来援救郑国。宋襄公准备应战，大司马公孙固劝阻说："上天抛弃我们商人已经很久了，您想兴复它，这是违背上天而不可饶恕的。"宋襄公不听。

宋军与楚军在泓水边上作战。宋军已摆好了阵势，楚军还没有全部渡河。担任司马的子鱼对宋襄公说："对方人多而我们人少，趁着他们还没有全部渡河，请您下令进攻他们。"宋襄公说："不行。"楚国的军队已经全部渡河但还没有摆好阵势，子鱼又建议宋襄公下令进攻。宋襄公回答说："还不行。"等楚军摆好了阵势以后宋军才去进攻，结果宋军大败。宋襄公大腿受了伤，他的卫队也被歼灭了。

宋国人都责备宋襄公。宋襄公说："君子不伤害受伤之人，也不俘虏头发斑白的敌人。古时候指挥战斗，不在险要的地方阻击敌人。我虽然是已经亡了国的商朝王室的后代，但也不去进攻没有摆好阵势的敌人。"

子鱼说："您不懂得作战的道理。强大的敌人，因处在险隘之地而没有摆好阵势，那是上天在帮助我们；在敌人遇到阻碍时向他们发动进攻，不也可以吗？而且这样都还怕不能取胜呢。况且现在这些强悍的楚兵，都是我们的敌人，即使是年老的敌人，俘获了就不能放，还管什么头发是否花白？使士兵明白什么是耻辱来鼓舞斗志，教导他们奋勇作战，为的是消灭敌人。敌人受了伤还没有死，为什么不能再去杀他们呢？如果怜惜伤员而不去杀他们，不如一开始就不伤害他们；怜悯头发花白的敌人，不如向他们投降。军队凭着有利的战机来进行战斗，鸣金击鼓是用来助长声势、鼓舞士气的。既然军队作战要抓住有利的战机，那么敌人处于困境时，我们是可以阻击的；鼓声大作可以鼓舞士兵的斗志，那么击鼓进攻不成阵势的敌人也是可以的。"

名师点评

纵观全文可以看出，子鱼的观点和宋襄公的迂执形成鲜明的对比。子鱼主张抓住战机，攻其不备，先发制人，彻底消灭敌人的有生力量，这样才能夺取战争的胜利。文章前半部分叙述战争经过及宋襄公惨败的结局，后半部分写子鱼驳斥宋襄公的迂腐论调：先总说"君未知战"，后分驳"不以阻隘""不鼓不成列"，再反驳"不禽二毛""不重伤"，最后指出正确的做法。要言不烦，辞理皆佳，说得十分透辟。

延伸/阅读

子鱼纪要

子目夷，子姓，宋氏，名目夷，字子鱼，春秋中前期宋国公族，为宋桓公庶长子，宋襄公庶兄。

宋桓公在位期间，子鱼以贤著称。宋桓公在临死前，将两个儿子目夷、兹父（一作兹甫）召至床前。兹父是宋桓公嫡子，应当继承宋公之位，但因目夷贤能，想要让位于他。子鱼对此坚决推辞。于是公子兹父即位，成为宋襄公，并以子鱼为司马。

兄弟二人仁爱贤德，励精图治，令宋国国力得到很大提升。

公元前643年，齐国因齐桓公之死陷入诸子争立的局面。宋襄公接纳了齐太子昭，齐国之乱因而得以平复。因为这件事，宋襄公自认功高德昭，想要学齐桓公称霸。子鱼清楚，当前宋国的国力并没有强大到能对诸侯形成威慑，宋国也没有做到信义远播足以联络各诸侯，于是对宋襄公加以劝阻。此时的宋襄公却好高骛远，听不进子鱼等人的话，一意孤行，在鹿上会盟诸侯，并以霸主的身份自居。这件事令当时的齐孝公与楚成王非常不满。

之后，楚成王背弃盟约，在盟会之上将宋襄公劫持，让宋襄公威严尽失，图霸计划也宣告破产。宋襄公回国后扩大军队编制，以子鱼为左师，意图报仇。于是宋楚之间的泓水之战爆发。大司马子鱼了解楚国的强大，劝宋襄公抓住有利时机截杀、奇袭楚军，宋襄公却大讲仁义，贻误战机，令宋军大败而回。

第二年，宋襄公因伤去世。不久，子鱼也告老。自此以后，子鱼的后代被称为鱼氏，代代为卿，世袭左师之位，成为构建桓族（宋桓公之族）的重要政治力量。至公元前576年，桓族被驱逐，鱼氏才退出宋国政坛。

学海/拾贝

☆ 勃敌之人，隘而不列，天赞我也；阻而鼓之，不亦可乎？

☆ 三军以利用也，金鼓以声气也。利而用之，阻隘可也；声盛致志，鼓儳可也。

烛之武退秦师

扫码看视频

名师导读

　　题目为后人所加。讲述的是公元前 630 年，秦、晋两国围攻郑国，郑国老臣烛之武说服秦穆公，使秦撤兵罢战之事。全文以大约三百字的篇幅，记叙了一个人物众多、关系复杂的历史事件，称得上一字千金。烛之武动之以情、晓之以理、诱之以利的游说之辞，也让本篇成为《左传》记外交辞令的代表篇目。林云铭《古文析义》中有评价说："烛之武为国起见，说秦之词，句句悚动，有回天之力……计较利害处，实开战国游说门户。"

【原文】

　　晋侯、秦伯围郑①，以其无礼于晋②，且贰于楚③也。晋军函陵④，秦军氾南⑤。

【注释】

　　①晋侯：晋文公。秦伯：秦穆公。

　　②无礼于晋：指晋文公重耳做公子时流亡经过郑国，郑文公没有以礼相待之事。

　　③贰于楚：背离晋国，结好楚国。晋、楚城濮之战时，郑国曾派兵援

助楚国，结怨于晋国。

④军：驻扎，用作动词。函陵：在今河南新郑北。

⑤氾（fán）南：氾水之南，在今河南中牟南，距函陵不远。

【译文】

晋文公、秦穆公率领大军包围郑国都城，因为郑国对晋文公无礼，而且背离晋国，结好楚国。晋军驻扎在函陵，秦军驻扎在氾南。

【原文】

佚之狐言于郑伯曰①："国危矣，若使烛之武②见秦君，师必退。"公从之。辞曰："臣之壮也，犹不如人，今老矣，无能为也已③。"公曰："吾不能早用子，今急而求子，是寡人之过也。然郑亡，子亦有不利焉。"许之。

【注释】

①佚（yì）之狐：郑国大夫。郑伯：郑文公。

②烛之武：郑国大夫。

③无能为也已：不能做什么了。已，句末语气词。

【译文】

佚之狐对郑文公说："国家很危险了，如果派烛之武去见秦伯，秦军一定撤退。"郑文公同意了他的建议。烛之武推辞说："臣在壮年时，尚且不如别人；如今老了，更不能有什么作为了！"郑文公说："我没有及早重用您，如今有危难了才来求您，这是我的过错。然而郑国亡了，对您也有不利啊。"烛之武答应了郑文公。

【原文】

夜缒①而出。见秦伯，曰："秦、晋围郑，郑既知亡矣。若亡郑而有益于君，敢以烦执事②。越国以鄙远③，君知其难也，焉用亡郑以陪邻④？邻之厚，君之薄也。若舍郑以为东道主⑤，行李⑥之往来，共其乏困⑦，君亦无所害。且君尝为晋君赐矣⑧，许君焦、瑕⑨，朝济而夕设版焉⑩，君之所知也。夫晋，何厌之有⑪？既东封郑⑫，又欲肆⑬其西封。若不阙⑭秦，将焉取之⑮？阙秦以利晋，唯君图之⑯。"

【注释】

①缒（zhuì）：用绳子拴住人或东西从上往下送。

②敢：谦辞，"不敢"的简称，有"冒昧"之意。执事：对对方的敬称。

③越国：秦军攻郑要经过晋国。越，越过。鄙远：把远方的土地作为自己的边邑。鄙，边邑，这里作动词，以……为边邑。

④陪：增加，扩大。邻：指晋国。

⑤舍郑：此处指不灭掉郑国。舍，放弃。东道主：东方道路上招待食宿的主人（郑在秦的东面）。后泛指接待或宴客的主人。

⑥行李：指外交使臣。

⑦共（gōng）：通"供"，供应，供给。乏困：行而无资叫乏，居而无食叫困，这里指使者在食宿方面的不足。

⑧且君尝为晋君赐矣：指秦穆公曾经帮助晋惠公回国即位。赐，恩惠，恩德。

⑨焦、瑕：晋国的两座城邑。秦穆公帮助晋惠公回国为君，晋惠公曾答应割给秦穆公晋国黄河以西之地，后来反悔了。焦、瑕即其中二城。

⑩朝济而夕设版焉：早晨渡河回国，傍晚就筑城防备秦国，暗指晋惠公很快违背了诺言。设版，筑城墙，即修筑防御工事。版，版筑的土墙。

⑪何厌之有："有何厌"的倒装句，怎么会满足呢？厌，通"餍"，满足。

⑫东封郑：以郑国作为东边的疆界。封，疆界，这里作动词，以……为疆界。

⑬肆：扩展，延伸。

⑭ 阙：侵损，削减。

⑮ 将焉取之：将从哪里夺取土地呢？

⑯ 唯：表希望的语气词。图：考虑。

【译文】

深夜，烛之武将绳子缚在身上，让人把自己从城墙上送下来，出了城去见秦穆公，说："秦、晋包围郑国，郑国已经知道要亡国了。如果灭掉郑国对您有好处，我怎敢冒昧以此事烦劳您。越过其他国家，以远方的土地作为自己的边邑，您知道这是很困难的，（既然如此）何必要灭掉郑国，来给贵国的邻国晋国增加土地呢？邻国的实力雄厚，就等于贵国的实力削弱。如果您放弃灭郑的计划，以郑国为东方道路上招待食宿的主人，贵国使者往来，郑国会供给他短缺的东西，这对您没有一点害处。再说您曾经对晋惠公有过恩惠，晋惠公也曾答应把焦、瑕等地割让给您，但他早晨渡过河回国，晚上就修筑防御工事，这是您所知道的。晋国哪有满足的时候？（晋国）已经向东扩张领土，把郑国作为它东边的疆界，又想扩张它西边的疆界。如果晋国不损害秦国，又从哪里取得土地呢？损害秦国而有利于晋国，请您考虑这件事（后再做决定）。"

【原文】

秦伯说①，与郑人盟，使杞子、逢孙、杨孙戍之②，乃还。

子犯③请击之。公曰："不可，微夫人之力不及此④。因人之力而敝之⑤，不仁；失其所与，不知⑥；以乱易整⑦，不武⑧。吾其还也。"亦去之。

【注释】

① 说（yuè）：后来写作"悦"，欢喜，此指赞同。

② 杞子、逢（páng）孙、杨孙：秦国大夫。戍：驻扎，防守。这里指驻军于郑，代郑设防。

③子犯：晋国大夫狐偃，晋文公的舅父。

④微：非，没有。夫（fú）人：那人，指秦穆公。

⑤因：依靠，借助。敝：损害，伤害。

⑥知：后来写作"智"，明智。

⑦以乱易整：指秦晋两国由联合而变为攻战，同盟关系破裂。乱，分裂，指关系破裂，互相攻战。易，代替。整，团结和睦，协和一致。

⑧不武：不符合武德。武，指运用武力所应遵守的道义准则。

【译文】

秦穆公听了表示赞同，于是同郑国结盟，派遣杞子、逢孙、杨孙驻守在郑国，大军则撤回秦国。

子犯请求追击秦军，晋文公说："不行，如果没有秦国国君的力量，我们就到不了今天这个地步。凭借人家的力量取得成功，反而去伤害人家，是不仁义的；失去自己的同盟者，是不明智的；以混乱相攻取代团结一致，是不符合武德的。我们还是回去吧！"于是晋军也撤离郑国。

名师点评

晋侯、秦伯攻打郑国的原因，一是晋侯为公子在外流亡时，郑文公没有按礼节接待他，二是晋楚城濮之战时，郑国曾帮助楚国攻打晋国。于是在公元前630年，晋、秦联军直逼郑国都城，郑国面临亡国之灾。秦晋虽然是盟友，但晋国与郑国的矛盾更加不可调和，秦国则主要是晋国的盟军。烛之武准确地把握外交局势，利用秦晋之间潜在的利益冲突，说服秦穆公单方面撤军。晋国随之被迫撤军，郑国遂化险为夷。通过烛之武"退秦"的过程可以看到，谈判不仅需要辞令的技巧，更需要对形势的洞察能力。这对现代人的生活，例如外交和商业谈判，也不无启发意义。

延伸/阅读

郑文公无礼重耳

晋国的公子重耳因国内动荡而逃亡，于公元前637年经过郑国，来到郑城。

郑文公听说了这件事，不知是否应对他以礼相待，便召集群臣进行商议。郑文公认为重耳是背叛父君而逃亡国外的，是不忠不孝之人，故而主张不必以礼相待。正卿叔詹劝说郑文公："晋国公子重耳是受到上天庇佑的人，且有'三助'，将来定会重返晋国称君，怠慢不得！"

郑文公问叔詹，重耳有哪"三助"。叔詹回答："公子重耳的母亲为狐氏女，狐与姬本是同宗，同宗为婚，却出类不凡，必成大材——这是一助。重耳在国外流亡长达十八年，国内局势依然动荡，没有人能管理，这不

是在等待贤人回国为君吗？这是二助。公子重耳身边有赵衰、狐偃、介子推等人，他们都是英雄豪杰，必能助他成就大业——这是三助。有此'三助'，公子重耳回国称君指日可待。"

但郑文公不以为然，说道："重耳已经流亡了十八年，都六十岁了，还能有什么作为！"叔詹见劝说不动郑文公，又说："如果您不能礼待公子重耳，就请杀死他，以绝后患。"

郑文公一听，大笑道："大夫所言真是毫无道理，先前还让寡人以礼相待，现又让寡人杀死他。以礼相待对寡人不会有什么好处，但寡人与重耳之间也没有任何仇怨，不至于杀死他啊！"于是郑文公下令紧闭

城门，禁止公子重耳入郑城。

晋公子重耳等人虽然对此感到愤怒，但也无可奈何，最后只能改道前往楚国。公元前636年春，重耳果然返回晋国，并成为晋国国君，是为晋文公，后成为"春秋五霸"之一。

学海/拾贝

☆ 越国以鄙远，君知其难也，焉用亡郑以陪邻？邻之厚，君之薄也。

☆ 夫晋，何厌之有？既东封郑，又欲肆其西封。若不阙秦，将焉取之？

☆ 因人之力而敝之，不仁；失其所与，不知；以乱易整，不武。

苏秦以连横说秦

扫码看视频

名师导读

　　《战国策》原作者、书名已不可考。经西汉学者刘向编订，定名《战国策》。全书三十三卷，依照国别和时序编辑，多以纵横家的游说活动为线索，记录战国时期各诸侯国的政治、外交、军事等活动。《战国策》虽然被归为史书，但长于记事，文学性很强。本篇选自《战国策·秦策一》，塑造了苏秦这么一个为出人头地而周旋于各国之间的策士的形象。苏秦游说秦王失败，困顿之际更遭受家人冷遇。于是他发奋攻读，游说赵王成功，赢得富贵权势以及世人和家人的尊重。文中生动描绘了苏秦家人前倨后卑的态度，而苏秦为此发出的感叹，既传达出对功名利禄的渴求，又包含一些无奈和揶揄。战国时期是社会变革剧烈的"大争时代"，邦无定交，士无定主，价值观和道德观也与当代有不同之处。在阅读时，应对此有所区分。

【原文】

　　苏秦①始将连横②说秦惠王③曰："大王之国，西有巴、蜀、汉中之利④，北有胡貉、代马之用⑤，南有巫山、黔中之限⑥，东有殽、函之固⑦。田肥美，民殷富，战车万乘，奋击⑧百万，沃野千里，蓄积饶多，地势形便，此所谓天府，天下之雄国也。以大王之贤，士民之众，车骑之用，兵法之教，可以并诸侯，吞天下，称帝而治。愿大王少留意⑨，臣请奏其效⑩。"

秦王曰："寡人闻之，毛羽不丰满者，不可以高飞；文章不成者⑪，不可以诛罚；道德不厚者，不可以使民；政教不顺者，不可以烦大臣。今先生俨然不远千里而庭教之⑫，愿以异日⑬。"

【注释】

①苏秦：字季子，战国时东周洛阳（今河南洛阳东）人，著名的纵横家。

②连横：战国时期纵横家推行的军事政治策略。战国时期的版图是秦居西，六国在东。秦国同函谷关以东的楚、齐等国暂时联合，攻打另外一些国家，以分化六国，各个击破，叫"连横"；六国（楚、齐、燕、赵、魏、韩）联合起来攻秦，则谓之"合纵"。

③秦惠王：秦孝公之子，姓嬴，名驷，公元前337年—公元前331年在位。

④巴、蜀：先秦时期的地区名和地方政权名。主要在今四川、重庆境内，四川盆地东部为巴，西部为蜀。自战国中叶起，巴蜀之地被秦国和楚国鲸吞蚕食，最终划入秦国版图。秦国于公元前316年灭蜀国后，消灭残余的巴国势力，又从楚夺得大片巴地，进而在巴蜀之地设置巴郡和蜀郡。

⑤胡：指北方少数民族地区。貉（hé）：状如狸，毛皮可制裘。代：古国名，在今河北、山西北部，特产骏马。马：良马。一说地名，指马邑，在今山西朔州。

⑥巫山：在今重庆市巫山县东。黔中：古郡名，战国秦昭襄王三十年（公元前277年）置，郡治在今湖南省沅陵县西。

⑦崤（xiáo）：指崤山。在今河南省洛宁县西北。函：指函谷关，在今河南省灵宝市东北。因关处谷中，深险如函而得名，是秦通六国的重要关隘。

⑧奋击：能够奋勇杀敌的士卒。

⑨少留意：稍加注意。少，稍。

⑩奏：奏明，陈述。效：功效。

⑪文章：礼法制度。成：完备。

⑫俨然：庄重认真的样子。庭教：在朝廷中教诲。

⑬愿以异日：希望将来再领受教诲。

【译文】

苏秦起初用连横的策略游说秦惠王："大王的国家，西有巴、蜀、汉中等地的收益，北有胡貉、代马等物产的供给，南有巫山、黔中的天然屏障，东有崤山、函谷关这样的坚固要塞。田地肥美，百姓富足，战车万辆，雄兵百万，沃野千里，储备充足，地理形势便于攻守，这就是人们所说的天府，天下的强国啊。凭借大王的贤明，士民的众多，车马军需的充足，兵法的教习，毫无疑问能够兼并诸侯，统一天下，称帝治理天下。希望大王对此稍加留意，允许我陈述连横所能达到的功效。"

秦王却说："寡人听说，羽毛还未丰满，不能高飞；礼法制度还未完备，不能使用刑罚；道德修养不够深厚，不能役使百姓；政令教化不顺民心，不能差遣大臣。如今先生不辞辛苦跋涉千里，郑重地来到朝廷赐教于我，我愿改日再领教。"

【原文】

苏秦曰："臣固①疑大王之不能用也。昔者神农伐补遂②，黄帝伐涿鹿而禽蚩尤③，尧伐驩兜④，舜伐三苗⑤，禹伐共工⑥，汤伐有夏⑦，文王伐崇⑧，武王伐纣⑨，齐桓任战而霸天下⑩。由此观之，恶⑪有不战者乎？古者使车毂⑫击驰，言语相结，天下为一；约从连横，兵革⑬不藏；文士并饬⑭，诸侯乱惑；万端俱起，不可胜理；科条⑮既备，民多伪态；书策稠浊⑯，百姓不足；上下相愁，民无所聊⑰；明言章⑱理，兵甲愈起；辩言伟服⑲，战攻不息；繁称文辞⑳，天下不治；舌敝耳聋，不见成功；行义约信，天下不亲。于是，乃废文任武，厚养死士，缀甲厉兵㉑，效胜㉒于战场。夫徒处而致利，安坐而广地，虽古五帝、三王、五霸㉓，明主贤君，常欲坐而致之，其势不能，故以战续之。宽则两军相攻，迫则杖戟相撞，然后可建大功。是故兵胜于外，义强于内；威立于上，民服于下。今欲并天下，凌万乘，诎㉔敌国，制海内，子元元㉕，臣㉖诸侯，非兵不可。今之嗣主㉗，忽于至道㉘，皆惛㉙于教，乱于治，迷于言，惑于语，沉于辩，溺于辞。以此论之，王固不能行也。"

【注释】

①固：本来。

②神农：炎帝，号神农氏，古史传说中的部落联盟首领。相传他发明了农业、医药等。补遂：古部落名。

③黄帝：号轩辕氏，古史传说中的中原部落联盟首领，发明舟车、历法等。他与炎帝在华夏族的形成过程中起过重要作用。涿鹿：地名。今河北省涿鹿县东南。禽：后来写作"擒"。蚩尤：古史传说中的九黎族首领。

④尧：古帝名。传说中父系氏族社会后期一个部落联盟的首领。驩（huān）兜：相传为尧的大臣，因作恶被流放至崇山。

⑤舜：古帝名。相传尧传位于舜，舜传位于禹。三苗：古族名。传说舜时被迁到三危（今甘肃敦煌一带）。

⑥禹：古代治水英雄。原为上古时期夏后氏部落领袖，奉舜命治理洪水，

后被选为舜的继承人，舜死后即位，建立夏朝。共工：原是水官名，世代为官，因而以官为氏，称共工氏。相传为尧的大臣，与驩兜、三苗、鲧并称为"四凶"。

⑦汤：商朝开国君主，灭夏桀建立商朝。有夏：夏朝，此指夏桀。有，词头，无实义。

⑧文王：姬昌，周武王姬发的父亲。商纣时为西方诸侯之长，又称西伯。崇：商的与国，在今陕西省西安市沣水西。这里指崇侯虎。

⑨武王：姬发，周文王姬昌之子，周朝开国君主。纣：帝辛，商朝末代君主，世称商纣王。荒淫暴虐，是与夏桀并称"桀纣"的暴君，后为周武王所灭。

⑩齐桓：齐桓公，春秋五霸之一。任战：善于作战。

⑪恶（wū）：疑问代词，相当于"何""安""怎么"。

⑫毂（gǔ）：车轮的中心部位，周围与车辐的一端相接，中有圆孔，用以插轴。这里代指车轮。

⑬兵革：武器装备。兵，兵器。革，皮革制作的铠甲。

⑭饬：通"饰"，巧饰，花言巧语。

⑮科条：法律规章。

⑯书策：文件，政令。稠浊：繁多而杂乱。

⑰聊：依赖。

⑱章：后来写作"彰"，显示，张明，与"明"同义。

⑲辩言：巧伪之言，动听而虚伪的言辞。伟服：华丽奇异的衣服。

⑳称：引述。文：有文采，华丽。

㉑缀：缝缀。厉：后来写作"砺"，磨砺。

㉒效胜：制胜，取胜。

㉓五帝：上古时代的五位帝王，说法不一，通常指黄帝、颛（zhuān）顼（xū）、帝喾（kù）、唐尧、虞舜。三王：指夏、商、周三代之君，即夏

禹、商汤、周武王。五霸：有不同说法，一般指春秋时的齐桓公、晋文公、宋襄公、楚庄王、秦穆公。

㉔诎（qū）：通"屈"，使……屈服。

㉕子：这里用作意动词，以……为子。元元：黎民百姓。

㉖臣：这里用作意动词，以……为臣。

㉗嗣主：继承王位的君主。

㉘至道：最重要的道理。此处指用兵。

㉙惛（hūn）：认识糊涂，不明事理。

【译文】

苏秦说："臣本来就估计到大王不会采纳我的主张。从前，神农讨伐补遂，黄帝征战涿鹿而生擒蚩尤，唐尧征讨驩兜，虞舜征讨三苗，夏禹制服共工，商汤征服夏桀，周文王灭掉崇侯虎，周武王消灭商纣，齐桓公凭借武力称霸天下。由此看来，哪有不使用武力而完成大业的呢？从前，各国使者乘车来往奔驰，车轮相击，通过言语说动对方缔结盟约，使天下结为一体；自从合纵连横之说盛行，战争也就不可避免；策士巧舌如簧，弄得诸侯晕头转向；各种事端层出不穷，以至于顾此失彼，理不出头绪；法律制度虽已完备，下面欺诈作伪却愈多；文书政令繁多混乱，百姓照旧啼饥号寒；君臣上下愁眉苦脸，百姓更觉无依无靠；策士说的道理越是清楚，战争越是接连不断；穿盛装的辩士言辞巧伪，但战争攻伐却依然无休无止；旁征博引，花言巧语，并未使天下因此得治；说者说得口干舌燥，听者听得双耳欲聋，虽然如此，还是看不到有什么成效；尽管以仁义诚信订立盟约，天下依然不能相善相亲。于是，各国弃文就武，以优厚待遇蓄养敢死之士，置办盔甲，磨砺兵器，企图在战场上取得胜利。终日无所事事却想获得利益，安安静静地坐着却想扩大领域，即使是古代的五帝、三王、五霸，那些明主贤君，常想如此坐收其成，事实上也是办不到的，所以最终还是用战争解决问题。两军对垒，距离远的互用战车矢石相攻，距离近的则用杖戟冲刺，这样才能建立丰功伟绩。所以，只有军队在国外打胜仗，国君在国内施行仁政才有强劲之力；国君在上树立权威，百姓在下也就服从了。如今要想吞并天下，超越大国，制服敌国，控制海内，以万民为子，以诸侯为臣，那就非用武力不可。只可惜当今在位的君主，都忽视了这个最根本的道理，政教不明，管理混乱，被花言巧语所迷惑，沉溺在无休止的诡辩之中。由此说来，大王肯定不会采纳我的意见了。"

【原文】

说秦王书十上而说不行①。黑貂之裘敝，黄金百斤尽，资用乏绝，去秦而归。嬴縢履屩②，负书担橐③，形容枯槁，面目犁黑④，状有愧色。归至家，妻不下纴⑤，嫂不为炊，父母不与言。苏秦喟然⑥叹曰："妻不以我为夫，嫂不以我为叔，父母不以我为子，是皆秦之罪也。"乃夜发书，陈箧⑦数十，得太公《阴符》之谋⑧，伏而诵之，简练以为揣摩⑨。读书欲睡，引锥自刺其股，血流至足。曰："安有说人主不能出其金玉锦绣，取卿相之尊者乎？"期年⑩，揣摩成，曰："此真可以说当世之君矣！"

【注释】

①说：前一个"说（shuì）"，劝说，游说；后一个"说（shuō）"，主张，意见。

②嬴（léi）：缠裹。縢（téng）：绑腿布。屩（juē）：草鞋。

③橐（tuó）：口袋。

④犁（lí）黑：黄黑色。

⑤下纴（rèn）：纺织。纴，织布帛的丝缕，此指织机。

⑥喟（kuì）然：长叹的样子。

⑦箧（qiè）：小箱子。

⑧太公：姜太公吕尚。《阴符》：相传为姜太公所著，是先秦著名典籍《太公》的谋略部分。《汉书·艺文志》曾有著录曰："《太公》二百三十七篇、《谋》八十一篇、《言》七十一篇、《兵》八十五篇。"今存世者只有《太公六韬》。

⑨简练：择取精要，熟练掌握。简，选择。练，熟习。揣摩：反复思考推求。一说揣摩为战国时游说术，即揣度国君心思，使游说之辞更投合国君的意愿。

⑩期（jī）年：一周年。

【译文】

苏秦游说秦王，上书十次，可是他的主张始终未被采纳。他来秦时穿的黑貂皮袍子破旧了，百斤黄金也花光了，生活费用已经用尽，只好离开秦国回家。他裹着绑腿布，穿着破草鞋，背着书，挑着行囊，形容憔悴，脸色黑黄，神情羞愧。回到家，妻子不下织机迎接他，嫂子不给他做饭，父母不跟他说话。苏秦长叹一声说道："妻子不把我当作丈夫，嫂子不把我当作小叔子，父母不把我当作儿子，这都是我苏秦的罪过啊。"于是当天夜里就翻捡书籍，摆开几十只书箱，终于找到了姜太公的兵书《阴符》，伏案诵读，择取精要，熟练掌握，反复推求，揣摩领会。读到困倦时，就拿锥子刺自己的大腿，鲜血直淌到脚上。他对自己说："哪有游说君主而不能使他拿出珍贵华美之物，取得卿相高位的呢？"他如此坚持了整整一年，终于揣摩透彻，他情不自禁地自语道："这下肯定能够说动当今天下的君主了！"

【原文】

于是乃摩燕乌集阙①，见说赵王②于华屋之下。抵掌③而谈。赵王大说④，封为武安⑤君，受相印。革车百乘，锦绣千纯⑥，白璧百双，黄金万镒^⑦，以随其后。约从散横，以抑强秦。故苏秦相于赵而关不通^⑧。

当此之时，天下之大，万民之众，王侯之威，谋臣之权，皆欲决于苏秦之策。不费斗粮，未烦一兵，未战一士，未绝一弦，未折一矢，诸侯相亲，贤于兄弟。夫贤人任而天下服，一人用而天下从。故曰：式^⑨于政，不式于勇；式于廊庙之内，不式于四境之外。当秦之隆^⑩，黄金万镒为用，转毂连骑，炫煌^⑪于道。山东^⑫之国，从风而服，使赵大重。且夫苏秦，特穷巷掘门^⑬、桑户棬枢之士耳^⑭，伏轼撙衔^⑮，横历天下，庭说诸侯之主，杜^⑯左右之口，天下莫之能伉^⑰。

【注释】

①摩：迫近，接近。此处指走近。燕乌集阙：战国时赵国的宫殿名。

②赵王：指赵肃侯，公元前349年—公元前326年在位。

③抵（zhǐ）掌：击掌，拍手。指人在谈话中的高兴神情。抵，同"扺"。

④说：后来写作"悦"。

⑤武安：赵国邑名。在今河北武安西南。

⑥纯（tún）：计量单位，束。

⑦镒（yì）：古代重量单位，二十两为一镒，又说二十四两为一镒。

⑧关不通：指六国联合抗秦，不与秦往来。关，指函谷关，东方六国通秦要道。

⑨式：用，施行。

⑩秦：指苏秦。隆：兴盛。此指苏秦最得志之时。

⑪炫煌（huáng）：同"炫煌"，辉煌显耀。

⑫山东：崤山以东。

⑬特：只是，不过是。掘（kū）门：在墙上挖洞为门。掘，通"窟"。

⑭桑户：编桑枝为门。棬（quān）枢：以弯曲的树枝为门轴。

⑮轼（shì）：车前横木，用作扶手。撙（zǔn）：控制。衔：马嚼子，放在马口内用以勒马。

⑯杜：塞，堵住。

⑰伉：通"抗"，抵挡，抵抗。

【译文】

于是，苏秦就登上高高的燕乌集阙，在华丽的宫室里拜见并游说赵王。他与赵王抵掌而谈，很是投机。赵王非常高兴，封他为武安君，并授予相国大印。又给他兵车百辆，锦绣千束，白璧百对，黄金万镒，让他带着去游说各国，联合六国加强合纵，离间他们与秦国的关系，瓦解连横，以此削弱强秦的力量。所以苏秦在赵国掌相印期间，六国就断绝了与秦的来往。

在这个时候，尽管天下这样大，百姓这样多，王侯这样有威势，谋臣这样有谋略，一切都要取决于苏秦的计策。于是，不费一斗粮食，不动一件兵器，没有一人打仗，没断一根弓弦，没损一支竹箭，就使六国诸侯互相亲善，胜过兄弟。贤人在位能使天下信服，一人用事能使天下服从。所以说，这就是所谓的"运用政治力量而不诉诸武力，在朝堂上用外交手段解决问题，就不必在边境上用兵开战"。当苏秦得势的时候，黄金万镒供他使用，随从车马络绎不绝，一路上威风显赫。当时，崤山以东各国，如风吹墙头草般一致服从，使赵国大受各国的尊重。苏秦原来不过是穷巷陋室里的一个读书人而已，如今他却能手扶车前横木，控制着马嚼子，驰骋天下，在朝堂上游说各国君主，雄辩之辞使君主身边的大臣都杜口不言，天下人没有谁能和他抗衡。

【原文】

将说楚王①，路过洛阳。父母闻之，清宫除道②，张③乐设饮，郊迎三十里。妻侧目而视，侧耳而听。嫂蛇行匍伏④，四拜，自跪而谢。苏秦曰："嫂，何前倨⑤而后卑也？"嫂曰："以季子⑥位尊而多金。"

苏秦曰："嗟乎！贫穷则父母不子，富贵则亲戚畏惧。人生世上，势位富厚，盖可以忽乎哉⑦！"

【注释】

①楚王：指楚威王。公元前339年—公元前329年在位。

②清、除：打扫。官：古时房屋的通称。

③张：设置。

④蛇行：像蛇一样伏地爬行。蛇，名词作状语，像蛇一样。匍（pú）伏：趴伏在地。

⑤倨（jù）：傲慢。

⑥季子：苏秦的表字。

⑦盖：通"盍（hé）"，何。忽：忽视。

【译文】

后来，苏秦要去游说楚王，路过洛阳。他的父母听到这个消息，急忙清扫房屋，打扫道路，请来乐队，摆下酒席，在郊外三十余里处迎接他。一家人见面时，妻子不敢正视，偷偷察言观色，恭敬地听他说话。嫂子匍匐在地，向他拜了四拜，跪着承认自己错

了。苏秦问道："嫂子为什么先前那么趾高气扬，现在又这么低三下四呢？"嫂子答道："因为您地位尊贵而且很有钱。"苏秦叹道："唉！一个人贫穷潦倒时，连父母都不把他当亲生儿子看待，一旦有钱有势连亲戚都畏惧他。可见，人生在世，对于权势地位、荣华富贵，怎么可以忽视啊！"

名师点评

　　苏秦时而主张合纵，时而主张连横，为了个人成功而改变政治主张，是战国时期典型的策士形象。他的说辞、自白以及失意与得意的对比，也反映出大争时代追逐功名利禄的风气。随着时代进步，我们应学习苏秦越挫越勇的品格和有志者事竟成的奋斗精神，而摒弃那个时代崇尚权位金钱的功利心态。此外，《战国策》不仅具有较高的史料价值，也具有丰富的文学价值。例如，长于记事和说理，塑造了一系列生动的人物形象，巧妙地运用譬喻、寓言以增强议论说服力等。《曾参杀人》《画蛇添足》《狐假虎威》《南辕北辙》《鹬蚌相争》等寓言，皆出于此书。

延伸/阅读

苏秦智激张仪

　　苏秦在赵国时，秦惠王派犀首攻打魏国，生擒了魏将龙贾，攻克了魏国的雕阴，并打算挥师向东挺进。苏秦担心秦国的部队打到赵国，唯恐盟约还没缔结就被破坏。苏秦想着要找个合适的人去秦国用事，于是决定智激同窗张仪入秦，维护萌芽期的联盟。

　　苏秦私下派人去劝说张仪来投奔自己，那时候的张仪过得很落魄，他收到邀请后便立即前往赵国。苏秦却故意对他不理不睬，还当众羞辱他，最后把他打发走了。张仪羞愧难当，暗下决心要扬眉吐气，他想到各诸侯国中只有秦国才能与赵国抗衡，于是便前往秦国。

　　张仪前往秦国的途中，苏秦一直暗中派人资助他，并且帮助他见到了秦惠王。秦惠王十年（公元前328年），秦惠王任用张仪为客卿，与他共商攻打各国诸侯的大计。这时，帮助张仪的人才告诉张仪说苏秦当时是故意激怒他，为的是张仪今后有更好的发展。张仪知道后，感叹自己没有苏秦高明，并许诺在苏秦当权时不攻打赵国。

学海 / 拾贝

☆ 寡人闻之，毛羽不丰满者，不可以高飞；文章不成者，不可以诛罚；道德不厚者，不可以使民；政教不顺者，不可以烦大臣。

☆ 归至家，妻不下纴，嫂不为炊，父母不与言。

☆ 夫贤人任而天下服，一人用而天下从。

邹忌讽齐王纳谏

扫码看视频

名师导读

　　本篇选自《战国策·齐策一》，篇名为后人所加。讲述的是齐相邹忌劝谏齐王广开言路，令齐国大治的故事。邹忌从妻、妾、宾客对自己容貌的赞美中体察到敢言直谏的不易，于是从这件身边的小事出发，劝齐王消除蒙蔽，多听批评意见。邹忌的劝谏方式亲切而又巧妙，说理浅显而又发人深思，具有很强的说服力，因此齐王乐于接受建议，最终使齐国内政修明，邻国臣服。本文情节曲折，语言生动诙谐，人物描写也神形兼备，是一篇艺术性很高的历史散文。

【原文】

　　邹忌修八尺有余①，而形貌昳丽②。朝服衣冠③，窥镜④，谓其妻曰："我孰与⑤城北徐公美？"其妻曰："君美甚，徐公何能及君也！"城北徐公，齐国之美丽者也。忌不自信，而复问其妾曰："吾孰与徐公美？"妾曰："徐公何能及君也！"旦日⑥，客从外来，与坐谈，问之："吾与徐公孰美？"客曰："徐公不若君之美也！"

　　明日，徐公来，熟视⑦之，自以为不如，窥镜而自视，又弗如远甚。

暮，寝而思之，曰："吾妻之美我⑧者，私⑨我也；妾之美我者，畏我也；客之美我者，欲有求于我也。"

【注释】

①邹忌：战国时齐人，齐威王时任齐相。他辅佐齐威王改革政治，整顿吏治，对齐国强盛颇有贡献，封成侯。修：长，此处指身高。

②昳（yì）丽：潇洒漂亮，光艳美丽。

③朝（zhāo）：早晨。服：这里用作动词，穿戴。

④窥镜：对着镜子端详自己的相貌。

⑤孰与：二者相比，其一何如。表疑问语气，用于比照。

⑥旦日：次日，第二天。

⑦熟视：仔细看。熟，仔细，周详。

⑧美我：以我为美。美，这里用作意动词，以……为美。

⑨私：偏爱。

【译文】

邹忌身高八尺多，而且气质潇洒，容貌俊美。一天早晨，邹忌穿戴好衣帽，朝镜子里端详，问他妻子："我跟城北徐公相比，谁美？"他妻子说："您美极了，徐公哪能比得上您呀！"城北徐公，是齐国的美男子。邹忌不相信，就又问他的妾："我跟徐公相比，谁美？"妾说："徐公哪能比得上您呀！"第二天，从外面来了位客人，邹忌和他坐着闲谈，邹忌又问客人："您看，我和徐公相比谁美？"客人答道："徐公不如您美。"

又过了一天，徐公来访，邹忌仔细地打量他，觉得自己不如徐公；又照着镜子端详自己，更觉得比徐公差得远了。晚上，邹忌躺在床上反复地思考："我的妻子说我美，是偏爱我；妾说我美，是怕我；客人说我美，是有求于我。"

【原文】

于是入朝见威王①曰："臣诚②知不如徐公美，臣之妻私臣，臣之妾畏臣，臣之客欲有求于臣，皆以美于徐公。今齐地方③千里，百二十城，宫妇左右④，莫不私王；朝廷之臣，莫不畏王；四境之内，莫不有求于王。由此观之，王之蔽⑤甚矣！"

【注释】

①威王：战国时齐国国君。田氏，名因齐，一作婴齐。公元前 356 年—公元前 320 年在位。整顿吏治，奖谏用贤，任用邹忌为相，田忌为将，孙膑为军师。其时，齐国富强。

②诚：的确，确实。

③方：方圆，指土地面积。

④宫妇：后宫妃妾。左右：近臣，侍从。

⑤蔽：受蒙蔽。

【译文】

于是邹忌上朝觐见齐威王，说："我确实知道自己不如徐公美，可我的妻子偏爱我，我的妾怕我，我的客人有求于我，都说我比徐公美。如今齐国的领土方圆千里，城邑一百二十座，大王的后宫妃妾和亲信侍臣，没有不偏爱大王的；满朝大臣，没有不惧怕大王的；全国各地的人，没有不有求于大王的。由此看来，大王所受的蒙蔽是非常严重的！"

【原文】

王曰："善。"乃下令："群臣吏民，能面刺①寡人之过者，受上赏；上书谏寡人者，受中赏；能谤讥于市朝②，闻③寡人之耳者，受下赏。"

令初下，群臣进谏，门庭若市④；数月之后，时时而间进⑤；期年之后，虽欲言，无可进者。燕、赵、韩、魏闻之，皆朝于齐。此所谓战胜于朝廷⑥。

【注释】

①面刺：当面指责。刺，指责，揭发。

②谤讥：议论。市朝：人口聚集的公共场所。这里偏指"市"，市集，市场。

③闻：使……听到。

④门庭若市：门前院内像集市般热闹，形容往来的人很多。

⑤时时：不时。间（jiàn）：间或。

⑥战胜于朝廷：不必出兵，在朝廷上就可以战胜敌国。

【译文】

齐威王说："（说得）好。"于是下令："各位朝廷大臣、地方官吏、平民百姓，能够当面指出我的过错的，给予上等奖赏；能够上奏章劝谏我的，给予中等奖赏；能够在公众场所批评议论我而使我听到的，给予下等奖赏。"

命令刚颁布时，满朝大臣纷纷进谏，朝堂内外像集市一样热闹；数月之后，还间或有人进谏；一年以后，即使有人想提意见，也没有什么可说的了。燕、赵、韩、魏等国听说了这种情况后，都来朝见齐威王。这就是人们所说的，治理好自己的朝政，不用武力就能战胜敌国。

点名师评

文章通篇言辞婉约，喻理巧妙、透彻，道出了君王纳谏对于整治国家的重大意义。本文以一件比美的小事开篇，齐相邹忌说自己不及城北徐公俊美，可妻、妾、客都称赞他胜过徐公。邹忌通过观察、对比、反思，悟出一个道理：人贵有自知之明，不要在赞美声中自我陶醉。邹忌以此类推，导入君王应虚心纳谏的正题，令齐王幡然醒悟。最后，文章写出纳谏后齐国大治的情况，以事实证明了纳谏的成效和好处，增强了文章的说服力。向他人提出意见或建议时，若能像邹忌这样讲究说话方式，语言含蓄委婉，晓之以理，动之以情，那么忠言完全可以"顺耳"，从而使听者乐于接受。

延伸/阅读

邹忌说琴谏齐王

公元前356年，齐威王即位。齐威王对于弹琴非常迷恋，甚至为此不理朝政，致使国家逐渐衰败。

邹忌遂以高明的琴师自称，要求觐见齐威王。齐威王一听，便高兴地召见了邹忌。邹忌入宫后聆听齐威王弹琴，一曲罢后，连声称赞："真是好琴艺呀！"齐威王连忙追问："好在何处？"

邹忌躬身一拜，说道："大王的大弦所弹之音庄重异常，就像一位名君的形象；大王的小弦所弹之音清晰明朗，就像一位贤相的形象；大王所弹指法精湛纯熟，音符和谐动听，就像一个国家明智的政令一样。琴声如此悦耳，怎能不叫好！"

邹忌继续说道："弹琴必须专心致志，治理国家也是一样。七根琴弦就像君臣之道，大弦犹如君，小弦犹似臣，该弹哪根弦就认真地弹，不该弹的就不动。这就如同国家政令，七弦协调配合才能让乐曲美妙动听，即君臣各尽其责，才能政通人和，国富兵强。"

齐威王沉思良久，开口说道："先生的乐理深得寡人之心，请先生也试弹一曲吧。"

于是，邹忌走上琴位，在琴上方轻轻舞动双手，却并未真的去弹，只是摆出弹琴的架势。齐威王见状大怒。

邹忌解释说："臣以弹琴为业，自然应悉心研究琴技。大王掌管一国，又怎能不认真研究治国之计呢？抚琴不弹，不能令您心情舒畅；而您不去治理国家，也就无法令百姓满意。还请大王三思。"

齐威王顿觉一振，高声道："讲得好！"自此之后，齐威王便专注国事，和邹忌大谈治国定邦的大业。

学海/拾贝

☆ 吾妻之美我者，私我也；妾之美我者，畏我也；客之美我者，欲有求于我也。

☆ 今齐地方千里，百二十城，宫妇左右，莫不私王；朝廷之臣，莫不畏王；四境之内，莫不有求于王。由此观之，王之蔽甚矣！

管晏列传

扫码看视频

名师导读

　　本文选自司马迁所著的《史记》，其乃我国第一部纪传体通史。《管晏列传》乃管仲、晏婴的合传。管仲、晏婴均为春秋时著名政治家。司马迁之所以将管、晏二人列入合传，原因有二：其一是二人都是齐国名臣，其二为二人均有知人善任的故事。作者通过管仲与鲍叔牙、晏婴与越石父在交往过程中的一些逸事，来展现人物性格的某一侧面，并突出这些事对人物的一生功业乃至国家命运的影响。

【原文】

　　管仲①夷吾者，颍上人也。少时常与鲍叔牙游②，鲍叔知其贤。管仲贫困，常欺③鲍叔，鲍叔终善遇之，不以为言。已而鲍叔事齐公子小白④，管仲事公子纠⑤。及小白立为桓公，公子纠死，管仲囚焉。鲍叔遂进管仲。管仲既用，任政于齐，齐桓公以霸，九合⑥诸侯，一匡天下⑦，管仲之谋也。

　　管仲曰："吾始困时，尝与鲍叔贾⑧，分财利多自与，鲍叔不以我为贪，知我贫也。吾尝为鲍叔谋事而更穷困，鲍叔不以我为愚，知时有利不利也。吾尝三仕三见⑨逐于君，鲍叔不以我为不肖⑩，知我不遭时也。吾尝三战三走，鲍叔不以我为怯，知我有老母也。公子纠败，召忽⑪死之，吾幽囚受辱，鲍叔不以我为无耻，知我不羞小节而耻功名不显于天下也。生我者父母，知我者鲍子也。"

鲍叔既进管仲，以身下之。子孙世禄于齐，有封邑者十余世，常为名大夫。天下不多⑫管仲之贤而多鲍叔能知人也。

【注释】

①管仲：又称管敬仲。名夷吾，字仲，颍上（今安徽颍上一带）人，春秋时齐国著名政治家，辅佐齐桓公成就霸业。

②鲍叔牙：也叫鲍叔，春秋时齐国大夫。游：交往，往来。

③欺：占便宜。指下文的"分财利多自与"。

④公子小白：齐桓公。名小白，齐襄公之弟。

⑤公子纠：齐襄公之弟。与小白争夺君位，失败后被杀。

⑥九合：多次会盟。九，虚指，表示次数多。

⑦一匡天下：使天下得到匡正。匡，纠正。

⑧贾：做生意。

⑨见：用在动词前表示被动。相当于"被""受到"。

⑩不肖：不才。

⑪召（shào）忽：齐国人，与管仲共同辅佐公子纠。公子纠死后，召忽自杀。

⑫多：称赞。

【译文】

管仲，名夷吾，颍上人。他在年轻的时候常与鲍叔牙交往，鲍叔牙了解他有贤才。管仲家境贫困，常占鲍叔牙的便宜，但鲍叔牙始终对他很好，并未因此而有怨言。后来鲍叔牙辅佐齐国公子小白，管仲辅佐齐国公子纠。待到公子小白被立为齐桓公，公子纠被杀，管仲也被囚禁起来。于是鲍叔牙向齐桓公推荐了管仲。管仲被任用后，执掌齐国的政事，齐桓公因此而成就霸业，多次会集诸侯，使天下得到匡正，这都是依靠管仲的计谋。

管仲说："我当初贫困的时候，曾和鲍叔牙一起做生意，在分财利时我经常多拿一些，他并不认为我贪财，他知道我是由于家中贫困才这样做。我曾经为鲍叔牙谋划事情，却使他更加窘迫困顿，他并不认为我愚笨，他知道这是因为时运有顺利与不顺利。我曾多次做官，多次被君主免职，鲍叔牙不认为我无能，他知道我是没有遇上好的时机。我曾经多次打仗，多次逃走，鲍叔牙不认为我胆小，他知道我家中有老母。公子纠争夺王位失败，召忽因此而自杀，我被囚禁受辱，鲍叔牙不认为我不知羞耻，他知道我不为小节感到羞耻，而以功名没有显扬于天下为耻辱。生我的是父母，但真正了解我的是鲍叔牙啊。"

鲍叔牙推荐管仲执掌齐国的政事后，自己却甘居管仲之下。鲍叔牙的子孙世世代代都在齐国享受俸禄，十几代都得到了封地，常成为著名的大夫。天下人不称赞管仲的贤能，却称赞鲍叔牙能慧眼识才。

【原文】

管仲既任政相齐，以区区之齐在海滨，通货①积财，富国强兵，与俗同好恶。故其称曰："仓廪②实而知礼节，衣食足而知荣辱，上服度则六亲固③。""四维④不张，国乃灭亡。""下令如流水之源，令顺民心。"故论卑⑤而易行。俗之所欲，因而予之；俗之所否，因而去之。其为政也，善因祸而为福，转败而为功。贵轻重⑥，慎权衡。桓公实怒少姬⑦，南袭蔡，管仲因而伐楚，责包茅⑧不入贡于周室。桓公实北征山戎⑨，而管仲因而令燕修召公⑩之政。于柯之会，桓公欲背曹沫之约，管仲因而信之，诸侯由是归齐^⑪。故曰："知与之为取，政之宝也。"

管仲富拟于公室，有三归、反坫^⑫，齐人不以为侈。管仲卒，齐国遵其政，常强于诸侯。后百余年而有晏子焉。

【注释】

①通货：交换商货。

②仓廪：贮藏米谷的仓库。

③上：国君。服度：遵礼守法。六亲：说法不一，一说为父、母、兄、弟、妻、子。这里泛指亲属。

④四维：指礼、义、廉、耻。维，纲，纲纪。

⑤论卑：政令平易，符合下情。

⑥贵轻重：指管仲重视经济调节。贵，重视。轻重，我国历史上关于调节商品、货币流通和控制物价的理论，《管子》有《轻重篇》论述最详。

⑦桓公实怒少姬：齐桓公曾与少姬乘舟游玩，少姬摇荡船只惊吓到齐桓公，被遣回蔡国。后蔡国将少姬另嫁，齐桓公怒而伐蔡。少姬，蔡国人，齐桓公夫人。

⑧包茅：扎成束的菁茅，祭祀时用来滤酒。

⑨北征山戎：公元前663年，山戎伐燕，齐桓公为救燕而伐山戎。山戎，古代北方民族名，亦称"北戎"，活动地区在今河北北部。

⑩召（shào）公：又称邵公、召康公，名奭（shì）。周文王庶子。曾佐周武王灭商，被封于燕，为周代燕国始祖。周成王时任太保，与周公旦共辅成王，颇有政绩。

⑪"于柯"四句：公元前681年，齐桓公与鲁庄公在柯邑会盟。鲁将曹沫用匕首挟持齐桓公，要求他归还侵占的汶阳之地。齐桓公当时答应了，后来又想背约。管仲劝他履行诺言，归还鲁国的土地，齐桓公践诺从而赢得了

诸侯的信任。曹沫，春秋时鲁国武士，一说曹沫即曹刿。归，服从，归顺。

⑫三归：有不同说法，这里指台名，三归之台，相传为管仲所建，供游赏之用。一说"三归"指娶三姓女子。反坫（diàn）：周代诸侯宴会时的礼节。相互敬酒后，把空酒杯放还在坫上。坫，用土筑的平台，在两楹之间。

【译文】

管仲在齐国执政担任宰相后，就使地处海滨的小小齐国，流通货物、积聚钱财，富国强兵，与百姓同好恶。所以他说："仓库充实了，百姓才知道礼节；衣食富足了，百姓才知道荣辱；国君能遵礼守法，才能使六亲和睦。""礼、义、廉、耻得不到发扬，国便会灭亡。""国家下达政令应当像流水的源头一样，使它顺应民心。"所以，政令平易，符合下情，就容易推行。百姓想获得的，就给予他们；百姓所反对的，就应当废止。管仲执掌政务，善于将祸转化为福，将败转化为胜。他重视物价调控，经济调节，谨慎监管度量衡。齐桓公实际上是怨恨蔡姬另嫁，南下攻打蔡国，管仲便趁机攻打楚国，责备楚国长期不向周王室进贡菁茅。齐桓公实际上是为了救援燕国而北上讨伐山戎，而管仲却趁势责令燕国实行召公时期的善政。当齐桓公在柯地与鲁国会盟时，他想背弃与曹沫订下的盟约，管仲趁势促使桓公践诺树立信义，诸侯因此都来归服齐国。所以说："懂得给予就是索取的道理，这是治理国政的宝贵经验。"

管仲的财富可以与诸侯王室相比，他拥有只有诸侯才可享有的三归和反坫，但齐国人并不认为他奢侈。管仲死了以后，齐国仍然遵循他的政策与法令，因此一直比其他诸侯国强大。之后过了一百多年，齐国又出了一个晏子。

【原文】

晏平仲婴①者，莱之夷维人也②。事齐灵公、庄公、景公③，以节俭力行重于齐。既相齐，食不重肉④，妾不衣帛。其在朝，君语及之，即危言⑤；语不及之，即危行⑥。国有道，即顺命⑦；无道，即衡命。以此三世显名于诸侯。

【注释】

①晏平仲婴：晏婴，字仲，谥平，亦称晏平仲。春秋时齐国大夫。

②莱：古国名，公元前 567 年为齐所灭。夷维：在今山东高密。

③齐灵公、庄公、景公：下文说的"三世"，即指这三个君主。

④重肉：两种以上的肉食。

⑤危言：直言。

⑥危行：正直行事。

⑦顺命：服从命令。

【译文】

晏平仲，名婴，莱地夷维人。他曾辅佐齐灵公、齐庄公、齐景公三代国君，以节约俭朴、做事尽力而受到齐国人的尊重。晏婴担任齐国宰相后，吃饭不吃两种以上的荤菜，妻妾不穿丝绸衣服。在朝廷上，国君有话问他，他就直言相告；国君没有事情吩咐他，他就正直行事。国君所为符合正道，他就服从命令；国君所为不符合正道，他便权衡利害得失再行动。他凭着这种品德，接连三朝都在各诸侯国中名声显扬。

【原文】

越石父①贤，在缧绁②中。晏子出，遭之途，解左骖③赎之，载归。弗谢，入闺④，久之，越石父请绝。晏子愀然⑤，摄衣冠谢曰⑥："婴虽不仁，免子于厄⑦，何子求绝之速也？"石父曰："不然。吾闻君子诎于不知己而信于知己者⑧。方吾在缧绁中，彼不知我也。夫子既已感寤⑨而赎我，是知己；知己而无礼，固不如在缧绁之中。"晏子于是延入为上客。

【注释】

①越石父：齐国的贤人。

②缧（léi）绁（xiè）：捆绑犯人的绳索。此处引申为囚禁。

③骖：一车套三匹马或四匹马，两旁的马叫"骖"。

④闺：内室。

⑤矍（jué）然：震惊的样子。

⑥摄：整理。谢：认错，道歉。

⑦厄：危难。

⑧诎（qū）：委屈。信：通"伸"，伸直，伸张。此处指受尊重。

⑨感寤（wù）：同"感悟"。有所感而觉悟。

【译文】

越石父是位贤能之人，却被囚禁起来。有一次晏子外出，在路上遇见他，晏子解下马车左边的马，将越石父赎了出来，载着他回到家中。晏子没有向越石父告辞，便进入了内室，很久不出来。越石父为此请求与晏子绝交。晏子听后颇为震惊，整理好衣冠出来道歉说："我虽然没有仁德，但帮助您脱离了困境，您为何如此之快地要同我绝交呢？"越石父说："话不能这样说。我听说君子会在不了解自己的人那里受委屈，而会在知己那里受尊重。当我被拘禁时，他们是不了解我的。您既然已有所感悟并把我赎出来，这便是了解我了；了解我却对我无礼，我倒不如被拘禁。"于是晏子把他请进屋待为上宾。

【原文】

晏子为齐相，出，其御①之妻从门间而窥其夫。其夫为相御，拥大盖②，策驷马③，意气扬扬，甚自得也。既而归，其妻请去④。夫问其故，妻曰："晏子长不满六尺，身相齐国，名显诸侯。今者妾观其出，志念深矣，常有以自下⑤者。今子长八尺，乃为人仆御，然子之意自以为足，妾是以求去也。"其后夫自抑损⑥。晏子怪⑦而问之，御以实对，晏子荐以为大夫。

【注释】

①御：车夫。

②盖：车盖。车上用以遮阳避雨的伞形篷子。

③驷马：同拉一辆车的四匹马。

④请去：请求离开夫家。指断绝夫妻关系。

⑤自下：甘居人下。谓谦逊退让，敬重他人。

⑥抑损：谦卑退让。

⑦怪：这里用作意动词，以……为怪。

【译文】

晏子做了齐国的宰相，有一天外出，他的车夫的妻子从门缝偷看她的丈夫。她的丈夫替宰相驾车，支着大车盖，赶着驾车的四匹马，意气风发，颇为自得。车夫回家后，他的妻子请求离去。车夫问她其中原因，妻子说："晏子身高不满六尺，却做了齐国的宰相，名声显扬于各国。今天我看到他出门，他思虑深远，有甘居人下的谦虚精神。如今你身高八尺，不过给人家当车夫，然而你的内心却自以为满足，所以我要求离去。"从此以后，她的丈夫就变得谦虚谨慎起来。晏子对车夫的变化感到很奇怪，便问他怎么回事，车夫据实回答了他，后来晏子推荐这个车夫做了齐国的大夫。

【原文】

太史公曰：吾读管氏《牧民》《山高》《乘马》《轻重》《九府》及《晏子春秋》①，详哉其言之也。既见其著书，欲观其行事，故次②其传。至其书，世多有之，是以不论，论其轶事。

管仲世所谓贤臣，然孔子小之③。岂以为周道衰微，桓公既贤，而不勉之至王，乃称霸哉？语曰："将顺其美，匡救④其恶，故上下能相亲也。"岂管仲之谓乎？

方晏子伏庄公尸哭之⑤，成礼然后去，岂所谓"见义不为，无勇"⑥者邪？至其谏说，犯君之颜，此所谓"进思尽忠，退思补过"者哉！假令晏子而在，余虽为之执鞭⑦，所忻慕⑧焉。

【注释】

① 《牧民》《山高》《乘马》《轻重》《九府》：均为《管子》一书中的篇名。《晏子春秋》：书名。旧题为晏婴所作，实系后人依托并采掇晏子言行而作。

② 次：编列。

③ 孔子小之：孔子轻视他。《论语·八佾》："子曰：'管仲之器小哉！'"。

④ 匡救：匡正挽救。

⑤ 晏子伏庄公尸哭之：齐庄公到崔杼家中与崔杼之妻私通，被崔杼所杀。晏婴来到崔氏门前，表示既不愿为君王而死，也不打算逃跑。晏婴入内后伏在庄公尸体上痛哭，行丧礼表示哀悼以后才离开。

⑥ 见义不为，无勇：出自《论语·为政》。晏子认为"君为社稷死则死之，为社稷亡则亡之"，而庄公为私欲而死，晏子身为臣下也不会追随他，以"愚勇"尽"愚忠"。因此，作者认为晏子并非"见义不为"的"无勇"者。

⑦ 执鞭：持鞭驾车，意谓给人服役，引申为景仰追随。

⑧ 忻慕：高兴而仰慕。

【译文】

太史公说：我读了管氏的《牧民》《山高》《乘马》《轻重》《九府》

以及《晏子春秋》，这些著作详尽地记述了他们的思想。读了他们的著作，还想了解他们的所作所为，所以编列他们的传记。至于他们的著作，世上已有很多，所以不再论述，传文中只讲述他们的逸事。

管仲是世人所说的贤臣，但孔子却小看他。难道是孔子认为周王室衰微，虽然齐桓公很贤明，管仲却不勉励他推行王道而只辅佐他称霸吗？《孝经·事君》里说："顺势助成君王的美德，匡正补救君王的过错，因此君臣上下便能相亲相近了。"说的大概就是管仲这样的人吧？

当晏子伏在齐庄公尸体上哭泣，尽了做臣子的礼仪之后才离去，难道能说是"见义不为，没有勇气"吗？至于他平时直言向君主进谏，敢于冒犯君王的威严，这就是所说的"在朝做官要尽忠职守，退朝后要反思弥补过失"吧！假如晏子还在世，即使让我替他执鞭驾车，也是我所高兴和向往的事啊。

名师点评

作者对文章中的人物采取了褒扬的态度，通过介绍鲍叔牙举荐管仲和晏婴举贤任能的故事，说明了善用人才的重要性。鲍叔牙知道管仲有才能，因此很多事都不和管仲计较。他们二人经商，管仲每次都多分钱财。管仲做官多次被罢免，打了败仗多次逃跑，但是鲍叔牙从未因为这些事而认为管仲品性恶劣，而且还在管仲入狱时，向君主举荐他，甚至愿意官职在他之下。如此管仲才得以一展才华，事实也证明鲍叔牙看人很准。晏婴贵为国相，却尽力解救越石父，并将他奉为上宾；一个地位低下的车夫，晏婴却不认为他卑贱，看到他知错能改后，就举荐他为大夫。如此可见，晏婴用人才不拘一格，只要是有才能的人他都会善待，给他们施展才华的机会。管仲、晏婴二人，一个被人举荐，一个举荐他人，全文以此二人的事迹，说明知人善任的重要。

延伸/阅读

管仲马棚谈选才

　　春秋时期，齐桓公重用管仲，实行了一系列有力的措施，使得齐国兵强马壮、实力雄厚，齐桓公一跃成为"春秋五霸"之首。通过这件事，齐桓公认识到人才对于一个国家的发展至关重要，但是到底怎样选拔人才，齐桓公还不是很清楚。

　　一天，齐桓公在管仲的陪同下，来到马棚视察养马的情况。齐桓公看到养马人后就关心地询问："你觉得在养马过程中哪个环节最困难？"养马人一时不知道该怎么回答，因为一年到头，打草备料、饮马遛马、调鞍理缰、接驹钉掌、除粪清栏，无论哪一个步骤都很辛苦。管仲在一旁看出了养马人的犹豫，便代养马人回答道："以前我也养过马，依我看，编排用于拴马的栅栏这件事最不容易。原因是在编栅栏时备用的木料通常有的弯，有的直。如果想在编排的过程中非常顺手，使编排的栅栏整齐美观、结实耐用，那么开始的选料则非常关键，下第一根桩的时候尤其要慎重。如果下的第一根桩就是弯的，随后你就得顺势将弯曲的木料用到底，而这样的话，那些笔直的木料就难以再编进去了。相反，如果一开始就选用笔直的木料，接下来也必须再用笔直的木料才能编下去，弯曲的木料也就派不上用场了。其实，编栅栏时选料的道理同选拔人才有许多相通之处，国家在起初选拔肩负重任的人才时，必须非常慎重，从一开始就定下以正直为标准，继而就按照这样的标准选贤任能。"听了管仲的这一番高论，齐桓公茅塞顿开，确定以正直作为国家选拔贤才的标准，并将此一直延续下去。

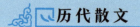

学海/拾贝

☆ 吾尝三仕三见逐于君，鲍叔不以我为不肖，知我不遭时也。

☆ 仓廪实而知礼节，衣食足而知荣辱，上服度则六亲固。

☆ 下令如流水之源，令顺民心。

☆ 吾闻君子讪于不知己而信于知己者。

☆ 将顺其美，匡救其恶，故上下能相亲也。

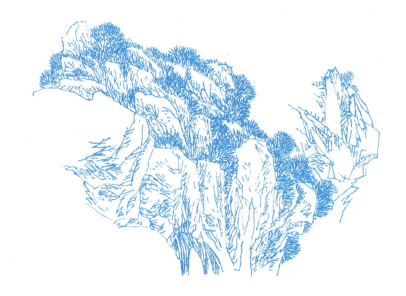

屈原列传

扫码看视频

名师导读

　　本文节选自《史记·屈原贾生列传》中有关屈原的部分，删去了《怀沙赋》。司马迁在本传中叙写了屈原的身世、才华，以及在楚国担负的职责和上官大夫进谗的过程，勾勒了屈原充满悲剧色彩的人生轨迹。司马迁在感慨屈原不幸遭遇的同时，赞颂了屈原高尚的操守和杰出的才华，也在字里行间流露出对自身无限的身世之叹。

【原文】

　　屈原者，名平，楚之同姓①也。为楚怀王左徒②。博闻强志③，明于治乱，娴于辞令。入则与王图议国事，以出号令；出则接遇宾客，应对诸侯。王甚任之。上官大夫④与之同列，争宠而心害⑤其能。怀王使屈原造为宪令⑥，屈平属⑦草稿未定。上官大夫见而欲夺之⑧，屈平不与，因谗之曰："王使屈平为令，众莫不知，每一令出，平伐⑨其功，曰以为'非我莫能为'也。"王怒而疏屈平。

【注释】

　　①楚之同姓：楚王族本姓芈（mǐ），楚武王封他的儿子瑕于屈（相传在

今湖北秭归东），他的后代就以屈为姓。瑕是屈原的祖先。

②楚怀王：楚威王的儿子，名熊槐。公元前329年—公元前299年在位。左徒：楚官位，职掌参议国事，应对外交。

③博闻强志：见识广博，记忆力强。志，记，记住。

④上官大夫：战国时楚国大夫，"上官"为复姓。

⑤害：妒忌。

⑥造为宪令：制定国家的法令。

⑦属（zhǔ）：撰著，缀辑。

⑧上官大夫见而欲夺之：谓上官大夫想让屈原改变变法的某些内容。

⑨伐：夸耀。

【译文】

屈原，名平，与楚国的王族同姓。他担任过楚怀王的左徒。他学识广博，记忆力强，通晓治理国家的道理，熟习外交辞令。在朝廷内与楚怀王商量国家大事，发号施令；对外接待宾客，应酬诸侯。楚怀王很信任他。上官大夫和屈原的官位相同，想争取楚怀王的恩宠，心里嫉妒屈原的才能。楚怀王让屈原制定国家法令，屈原起草的法令尚未定稿。上官大夫见了想要篡改，屈原不同意，上官大夫因而向楚怀王进谗言说："大王您让屈原制定法令，大家没有不知道的。每发出一道法令，屈原总要夸耀自己的功劳，说：'除了我，没有人能制定这种法令。'"楚怀王听后很生气，便疏远了屈原。

【原文】

屈平疾王听之不聪也，谗谄之蔽明也，邪曲之害公也，方正之不容也，故忧愁幽思而作《离骚》①。离骚者，犹离忧也。夫天者，人之始也；父母者，人之本也。人穷则反本，故劳苦倦极，未尝不呼天也；疾痛惨怛②，未尝不呼父母也。屈平正道直行，竭忠尽智以事其君，谗人间之，可谓穷矣。信而见疑，忠而被谤，能无怨乎？屈平之作《离骚》，盖自怨生也。《国风》好色而不淫③，《小雅》怨诽而不乱④。若《离骚》者，可谓兼之矣。上称帝喾⑤，下道齐桓⑥，中述汤、武⑦，以刺世事。明道德之广崇、治乱之条贯⑧，靡不毕见⑨。其文约⑩，其辞微⑪，其志洁，其行廉⑫，其称文小而其指⑬极大，举类迩而见义远⑭。其志洁，故其称物芳；其行廉，故死而不容。自疏⑮濯（zhuó）淖（nào）污泥之中，蝉蜕（tuì）于浊秽，以浮游尘埃之外，不获世之滋垢⑯，皭然⑰泥而不滓者也。推此志也，虽与日月争光可也。

【注释】

①《离骚》：中国古代最长的抒情诗，中国爱国主义诗篇的开山之作，是屈原的代表作。反映了屈原热爱祖国的情感和甘愿为理想献身的精神。离，通"罹"，遭受，逢遇。

②疾痛惨怛（dá）：身心痛苦。疾痛，指人身体的病痛。惨怛，指人心理上的痛苦悲伤。怛，悲痛，悲伤。

③《国风》：《诗经》的组成部分之一。它包括《周南》等西周初年至春秋中叶的十五国民间歌谣，共一百六十篇。淫：过度，无节制。

④《小雅》：《诗经》的组成部分之一。一部分是贵族宴会的乐歌，较多的是指斥朝政缺失，反映社会动乱的政治诗。怨诽（fěi）：抱怨指责。乱：

叛乱，动乱。

⑤帝喾（kù）：传说中的古代帝王，号高辛氏。据《史记·五帝本纪》记载，帝喾为黄帝之曾孙。

⑥齐桓：齐桓公，姜姓，吕氏，名小白，春秋五霸之首，公元前685年—公元前643年在位。

⑦汤、武：汤，指商汤。武，指周武王。

⑧条贯：条理。指因果关系。

⑨靡：无。见（xiàn）：显现，出现。指阐释。后作"现"。

⑩约：简约，简练。

⑪微：深微，含蓄。

⑫廉：刚直，方正。

⑬指：旨意。

⑭类：事例。迩：近。

⑮自疏：自求与之疏远。

⑯滋垢：污垢。

⑰皭（jiào）然：洁白干净的样子。

【译文】

屈原痛心楚怀王听不进忠言，被诽谤和谄媚蒙蔽而所见不明，邪恶之人陷害公正无私的人，端正方直的人不被小人所容，所以屈原忧愁郁闷而写下了《离骚》。"离骚"，就是遭遇忧患的意思。天是人类的原始，父母是人的根本。人在困顿窘迫之时，就会追念本源，所以人在疲劳困惫时，没有不叫天的；身心痛苦时，没有不呼叫父母的。屈原正道直行，用自己全部的忠诚和智慧侍奉他的君王，却被小人进谗言挑拨离间，可以说是处境艰难了。他诚信而被怀疑，忠贞而被诽谤，怎么能没有怨愤呢？屈原创作《离骚》，就是由怨愤引起的。《国风》虽多写男女恋情却不过分，《小雅》虽多攻击指责政事，但不宣扬作乱。像《离骚》可以说兼有二者的特点。它称赞远古的帝喾，称述近世的齐桓公，中古提到了商汤和周武王，用这些来讽刺当时的政治现实。阐明道德的广大崇高、国家治乱的因果关系，这些道理无不充分得以阐释。他的文字简练，词意含蓄，他的志向高洁，品行方正。《离骚》所写到的事物虽细小，但作者的旨趣极其远大，所举的事例虽然浅近，但体现的道理却颇为深远。他的志向高洁，所以作品中多用香草比喻；他的品行方正，所以至死亦不被苟且偷安的社会理解。他自远于污泥浊水般的世界，像蝉蜕皮般摆脱浊秽，从而超脱于尘世之外，不受浊世的玷辱，保持皎洁的品德，出淤泥而不染。可以推断，屈原的此种志向，即便与日月争辉，也不逊色。

【原文】

屈原既绌①，其后秦欲伐齐，齐与楚从亲②，惠王③患之，乃令张仪详去秦④，厚币委质⑤事楚，曰："秦甚憎齐，齐与楚从亲，楚诚能绝齐⑥，秦愿献商於⑦之地六百里。"楚怀王贪而信张仪，遂绝齐，使使如秦受地⑧。张仪诈之曰："仪与王约六里，不闻六百里。"楚使怒去，归告怀王。怀王怒，大兴师伐秦。秦发兵击之，大破楚师于丹、淅⑨，斩首八万，虏楚将屈匄⑩，遂取楚之汉中⑪地。怀王乃悉发国中兵，以深入击秦，战于蓝田⑫。魏闻之，袭楚至邓⑬。楚兵惧，自秦归。而齐竟怒不救楚，楚大困。明年，秦割汉中地与楚以和。楚王曰："不愿得地，愿得张仪而甘心焉。"张仪闻，乃曰："以一仪而当⑭汉中地，臣请往如楚。"如楚，又因厚币用事者⑮臣靳尚，而设诡辩⑯于怀王之宠姬郑袖。怀王竟听郑袖，复释去张仪。是时屈原既疏，不复在位，使于齐，顾反⑰，谏怀王曰："何不杀张仪？"怀王悔，追张仪不及。

【注释】

①绌（chù）：通"黜"。贬退，排斥。

②从（zòng）亲：合纵相亲。从，后作"纵"。当时齐等六国联合抗秦，称为合纵。

③惠王：指秦惠王，公元前337年—公元前311年在位。

④张仪：战国时魏人，著名的纵横家，以连横学说事秦，时为秦相。详：通"佯"。假装。

⑤委质：向君主献礼。质，通"贽"，古代相见时所送的礼物。

⑥绝齐：与齐国断绝关系。

⑦商於：战国秦地。一说在今河南淅川西南，一说在今陕西商县至河南西峡一带地区。

⑧使：第一个"使"作动词，命令，派遣；第二个"使"作名词，使者。如：往，到⋯⋯去。

⑨丹、淅：二水名。丹水即丹江，源于陕西商州西北；淅水为丹江的分汊，源于河南卢氏，南流与丹水汇合。

⑩屈匄（gài）：楚怀王时任楚大将军。

⑪汉中：楚国郡名，在今湖北北部、陕西南部一带。

⑫蓝田：秦国县名，在今陕西蓝田西。

⑬邓：周代诸侯国，在今河南邓州，公元前678年为楚所灭，成为楚国城邑。

⑭当（dàng）：抵当。

⑮用事者：指掌权者。用，统治，治理。

⑯诡辩：颠倒黑白、混淆是非的议论。

⑰顾反：还返。

【译文】

　　屈原被罢了官，后来秦国想攻打齐国，而齐国与楚国合纵联盟，关系密切。秦惠王对此颇为担心，就派张仪假装叛离秦国，带着丰厚的礼物和信物呈献给楚怀王，并说："秦国极为憎恨齐国，而齐国又与楚国合纵亲善，如果楚国确实能与齐国断交，秦国愿意献出商於一带六百里土地。"楚怀王贪图土地，对张仪的话信以为真，就和齐国绝交，并派使者到秦国接收土地。张仪诈称："我和楚怀王约定的是献六里，没听说是六百里。"楚国的使者愤怒地离开秦国，回去报告了楚怀王。楚怀王大怒，调动大军攻打秦国。秦国出兵迎战，在丹水、淅水一带大败楚军，杀死了八万楚兵，俘虏了楚将屈匄，随后夺取了楚国汉中地区。楚怀王就征发全国的军队，深入秦地，攻打秦国，两国在蓝田交战。魏国听说秦楚交战，趁机袭击楚国，一直打到邓地。楚军恐惧，从秦国撤退。然而齐国因恼恨楚国的背信弃义，不肯派兵救援楚国，从而使楚国的军队陷入极大的困境中。第二年秦国割让汉中地区给楚国以求和解。楚怀王说："我不愿意得到土地，只希望得到张仪。"张仪听到后，对秦王说："用我一个张仪来充抵汉中地区的话，我请求到楚国去。"张仪到了楚国，用丰厚礼物贿赂楚国当权的大臣靳尚，让靳尚在楚怀王的宠姬郑袖面前编造了一套谎话。楚怀王竟然听了郑袖的话，又放走了张仪。这时屈原已经被疏远，不在朝中任职，出使齐国去了，屈原从齐国返回后，向楚怀王进谏："为什么不杀了张仪？"楚怀王后悔了，派兵去追张仪，但已经追不上了。

【原文】

　　其后诸侯共击楚，大破之，杀其将唐眛①。时秦昭王②与楚婚，欲与怀王会。怀王欲行，屈平曰："秦，虎狼之国，不可信，不如毋行。"怀王稚子③子兰劝王行："奈何绝秦欢④？"怀王卒⑤行。入武关⑥，秦伏兵绝其后，因留怀王，以求割地。怀王怒，不听。亡走⑦赵，赵不内⑧。

复之秦，竟死于秦而归葬。

【注释】

①唐眛：战国时楚将，又作唐蔑。

②秦昭王：亦称秦昭襄王。名稷，一作则，公元前306年—公元前251年在位。

③稚子：幼子，最小的儿子。

④奈何：为什么。欢：友好，交好。

⑤卒：副词。终于。

⑥武关：在今陕西商洛，是秦国的南关。

⑦亡走：逃跑。

⑧内：后写作"纳"，接纳。

【译文】

后来各国诸侯联合起来攻打楚国，大破楚军，杀了楚国的将军唐眛。这时秦昭王与楚国联姻，想与楚怀王会面。楚怀王想要去，屈原说："秦国是像虎狼一样贪婪凶残的国家，不可以轻易相信，不如不去。"楚怀王的幼子子兰劝楚怀王前往，说："为什么要断绝与秦国的友好关系呢？"楚怀王最终还是去了。一进入武关，秦国的伏兵就断绝了楚怀王的后路，借势扣留了他，强行要求割让土地。楚怀王大怒，不答应。他后来逃亡到了赵国，但赵国不接纳他，

他只能再回到秦国。最终，楚怀王死在秦国，尸体被运回楚国埋葬。

【原文】

长子顷襄王^①立，以其弟子兰为令尹^②。楚人既咎^③子兰以劝怀王入秦而不反^④也。屈平既嫉^⑤之，虽放流，眷顾^⑥楚国，系心怀王，不忘欲反，冀幸^⑦君之一悟，俗之一改也。其存君兴国而欲反覆^⑧之，一篇之中三致^⑨志焉。然终无可奈何，故不可以反，卒以此见怀王之终不悟也。

【注释】

①顷襄王：名横，楚怀王之子。公元前 298 年—公元前 263 年在位。

②令尹：楚官名，是楚国的最高行政长官。

③咎：归罪，责备。

④反：返回，回到。后作"返"。

⑤嫉：憎恨，对……不满。

⑥眷顾：垂爱，关注。

⑦冀幸：希冀，侥幸。

⑧反覆：扭转局面。

⑨致：表达，传达。

【译文】

怀王的长子顷襄王继承王位，任用他的弟弟子兰为令尹。楚国人都因为子兰劝楚怀王入秦却致其终未得归而抱怨子兰。屈原也因此对子兰不满，尽管流放在外，仍然眷恋祖国，心系楚怀王，从未放弃回到朝廷任职的希望。他心存侥幸地希望君王能够觉悟，改变当时一蹶不振的国势。屈原想保全君主，复兴国家，使国势由弱变强。这样的意愿在他的每篇作品中都反复地表现出来。然而终于无可奈何，因此他也不能返回朝廷。由此可以看出，楚怀王始终没有觉悟。

【原文】

人君无愚智、贤不肖，莫不欲求忠以自为①，举贤以自佐，然亡国破家相随属②，而圣君治国累世而不见者，其所谓忠者不忠，而所谓贤者不贤也。怀王以不知忠臣之分，故内惑于郑袖，外欺于张仪，疏屈平而信上官大夫、令尹子兰。兵挫③地削，亡其六郡，身客死④于秦，为天下笑。此不知人之祸也。《易》曰："井渫不食，为我心恻，可以汲。王明，并受其福。"⑤王之不明，岂足福哉？令尹子兰闻之大怒，卒使上官大夫短⑥屈原于顷襄王。顷襄王怒而迁⑦之。

【注释】

①为（wéi）：治理。与下文的"佐"对文。

②随属：接连，连续。

③挫：挫败。

④客死：死于他乡异国。

⑤"《易》曰"五句：引自《周易·井卦》。井渫（xiè）不食，言水井经浚治，洁净清澈，而不被饮用。后因以"井渫"比喻洁身自持。渫，淘去污泥。恻（cè），忧伤。汲（jí），从井里打水。

⑥短：说他人坏话。

⑦迁：贬谪，放逐。此指顷襄王将屈原第二次放逐，放逐至更荒僻的南方地区。

【译文】

做君主的，无论是愚笨还是明智，贤明还是昏庸，没有不想访求忠臣贤士辅助自己治理国家的，然而历史上国破家亡的事接连发生，而圣明君主治理好国家的事多少代也没有出现，这是由于君主所谓的忠臣，并不忠诚；所谓的贤臣，并不贤明。楚怀王因为不明白忠臣应尽的职责，所以在内被郑袖迷惑，在外被张仪欺骗，疏远屈原却亲信上官大夫和令尹子兰。军事上受挫，领土被侵占，失去了六郡的土地，自己客死异国他乡，被天下人耻笑。这是没有知人之明而招致的祸害啊。《周易》说："把井疏浚干净了，却无人喝井里的水，使我心里很难过，这是因为井水本是供给人们汲取和饮用的。倘若君主圣明能任用贤才，那么天下将共同得到福佑。"倘若君主不英明，哪里会得到福佑呢？令尹子兰听说屈原怨恨自己之后极为愤怒，终于让上官大夫在顷襄王面前说屈原的坏话。顷襄王一怒之下放逐了屈原。

【原文】

屈原至于江滨，被①发行吟泽畔，颜色②憔悴，形容③枯槁。渔父见而问之曰："子非三闾大夫欤④？何故而至此？"屈原曰："举世混浊而我独清，众人皆醉而我独醒，是以见放。"渔父曰："夫圣人者，不凝滞于物而能与世推移⑤。举世混浊，何不随其流而扬其波？众人皆醉，何不餔其糟而歠其醨⑥？何故怀瑾握瑜而自令见放为⑦？"屈原曰："吾闻之，新沐者必弹冠，新浴者必振⑧衣，人又谁能以身之察察⑨，受物之汶汶⑩者乎！宁赴常流而葬乎江鱼腹中耳，又安能以皓皓之白而蒙世之温蠖⑪乎！"乃作《怀沙》⑫之赋。于是怀石，遂自投汨罗⑬以死。

【注释】

①被（pī）：披散，散开。

②颜色：面容，脸色。

③形容：外貌，模样。

④三闾（lú）大夫：战国楚官名，掌管楚国公族昭、屈、景三大姓的族谱编写、子弟教育等工作。欤（yú）：语气词。表示疑问或不肯定。

⑤凝滞：拘泥。与世推移：随着世道的变化而变化以合时宜。

⑥餔（bū）：吃。糟：酒糟，造酒剩下的渣子。歠（chuò）：饮，喝。醨（lí）：薄酒。

⑦怀瑾握瑜：怀里揣着瑾，手里拿着瑜。瑾、瑜皆为美玉。比喻具有纯洁高尚的品德操守。为（wéi）：句尾语气词。表示反问。

⑧振：挥动，抖动。

⑨察察：洁白的样子。

⑩汶（mén）汶：昏暗的样子，引申为污浊的样子。

⑪温蠖（huò）：昏愦，一说犹混污。

⑫《怀沙》：《楚辞·九章》中的一篇，一般认为是屈原的绝笔。怀沙，一说即下文"怀石"之意，一说为怀念楚国始封之地长沙。

⑬汨（mì）罗：江名，在今湖南东北部，为湘江支流。

【译文】

　　屈原来到江边，披头散发，在湖泽旁侧边走边吟咏；他的脸色憔悴，身形枯瘦。渔父看见屈原便问他："您不是三闾大夫吗？为什么来到这个地方？"屈原说："整个社会都是浑浊的，却只有我保持着清白；大家都昏醉，唯独我头脑清醒，因此我被流放。"渔父说："圣贤之人，都能不拘泥于成规，而能顺随时势的变化。整个社会都是污浊的，您为何不随波逐流推波助澜呢？众人都醉了，您为何不吃点酒糟，喝点薄酒呢？为何要保持美玉般的高尚操守，而使自己被放逐呢？"屈原说："我听说，刚洗过头的人，必须弹去帽子上的灰尘；刚洗过澡的人，必须抖掉衣服上的尘土。

哪一个人愿意让自己洁净的身体，去蒙受尘世的污染呢！我宁肯跳进大江，葬身鱼腹，又怎能让高洁的品德，蒙上世俗的污垢呢！"于是屈原写下了《怀沙》。他抱着石头，投汩罗江而死。

【原文】

屈原既死之后，楚有宋玉、唐勒、景差之徒者①，皆好辞而以赋见称。然皆祖屈原之从容辞令②，终莫敢直谏。其后楚日以削，数十年竟为秦所灭。自屈原沉汩罗后百有余年，汉有贾生③，为长沙王太傅④，过湘水，投书以吊屈原。

【注释】

①宋玉：屈原的学生，楚襄王时做过大夫，《楚辞》的主要作者之一，其作品有《九辩》等。唐勒：与宋玉同时的赋家，其作品已失传。景差（cuō）：与宋玉同时的赋家，其作品多湮没不可考。

②祖：效法。从容：指屈原辞令的含蓄委婉。

③贾生：贾谊，洛阳（今河南洛阳东）人，西汉政论家、文学家。

④长沙王：汉开国功臣吴芮的玄孙吴著。太傅：辅导太子的官员。

【译文】

屈原死后，楚国有宋玉、唐勒、景差等人，都爱好文学创作，因善于作赋而被人称道。然而他们只是模仿屈原作品辞令婉转的一面，终究没有人敢于向君王直言进谏。屈原死后，楚国的国势一天天削减，几十

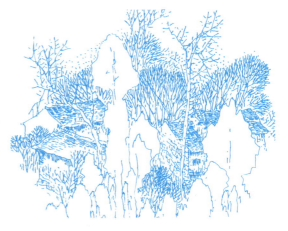

年后，终被秦国所灭。自从屈原投汨罗江后又过了一百多年，汉代有个贾谊，是长沙王的太傅，他在路过湘水时，写了一篇文章投进湘水中，以此凭吊屈原。

【原文】

太史公曰：余读《离骚》《天问》《招魂》《哀郢》①，悲其志。适②长沙，观屈原所自沉渊，未尝不垂涕，想见其为人。及见贾生吊之，又怪屈原以彼其材，游诸侯，何国不容，而自令若是！读《鵩鸟赋》③，同生死，轻去就④，又爽然⑤自失矣。

【注释】

①《天问》《招魂》《哀郢（yǐng）》：均为屈原作品。

②适：到……去。

③《鵩（fú）鸟赋》：贾谊所作。文章假托与鵩鸟的问答，抒发了作者怀才不遇之情。

④去就：在野或做官。

⑤爽然：茫然若失的样子。

【译文】

太史公说：我读了《离骚》《天问》《招魂》《哀郢》，为屈原的志向无法实现而悲哀。我到长沙，经过屈原自沉的汨罗江，未尝不流下眼泪，追怀屈原的为人。待读到贾谊祭悼他的文章，又责怪屈原如果凭他的才能去游说诸侯，哪个国家能不接纳他呢，却使自己落到这等地步！读了贾谊的《鵩鸟赋》，他把生与死看作同样的事情，把做官与在野看得很轻，我又感到惘然若失了。

名师点评

　　屈原所处的时代为战国中后期，当时各诸侯国相互争斗，楚国属于其中实力比较强大的一个。屈原才华横溢，起初为朝廷所倚重。然而后来楚怀王却听信小人谗言，分辨不出是非，疏远屈原。即便如此，他依然关心朝政、心系君主，为楚国的前途担忧。后来登基的君主仍旧受小人蒙蔽，甚至将他放逐。屈原品性高洁，不肯随波逐流，宁可死也不愿改变自己的志向，最终，一代爱国忠臣投江自尽。作者以强烈的感情歌颂了屈原的才华和对理想的执着追求，表达了对忠臣之死的惋惜之情。

延伸/阅读

《渔父》

　　《渔父》这篇作品通过屈原和渔父的对话，表现了两种不同人生观的对立和屈原坚贞不屈的意志。所记述的屈原与渔父问答之辞，与《史记·屈原贾生列传》的记载在文字上大同小异。旧谓屈原作，现代研究者多认为非屈原所作。

　　屈原既放，游于江潭，行吟泽畔，颜色憔悴，形容枯槁。

　　渔父见而问之曰："子非三闾大夫与？何故至于斯？"屈原曰："举世皆浊我独清，众人皆醉我独醒，是以见放。"渔父曰："圣人不凝滞于物，而能与世推移。世人皆浊，何不淈（gǔ）其泥而扬其波？众人皆醉，何不餔其糟而歠其醨？何故深思高举，自令放为？"

　　屈原曰："吾闻之，新沐者必弹冠，新浴者必振衣。安能以身之察察，受物之汶汶者乎？宁赴湘流，葬于江鱼之腹中，安能以皓皓之白，而蒙世俗之尘埃乎？"

渔父莞尔而笑,鼓枻(yì)而去,乃歌曰:"沧浪之水清兮,可以濯吾缨;沧浪之水浊兮,可以濯吾足。"

遂去,不复与言。

学海/拾贝

☆ 自疏濯淖污泥之中,蝉蜕于浊秽,以浮游尘埃之外,不获世之滋垢,皭然泥而不滓者也。

☆ 举世混浊而我独清,众人皆醉而我独醒,是以见放。

☆ 新沐者必弹冠,新浴者必振衣,人又谁能以身之察察,受物之汶汶者乎!

太史公自序

名师导读

《太史公自序》是司马迁自述家世、生平，以及《史记》撰述过程及宗旨的文章，与《报任安书》同为研究司马迁及《史记》的第一手资料。本篇选取了《自序》的中间部分。文章以主客问答的方式，重点阐述撰写《史记》的目的，反映出史学家的责任感和伟大抱负，也抒发了对个人遭遇的幽愤之情。文中总结出"发愤著书"的创作规律，对中国文学及文学批评有着深刻影响。

【原文】

太史公曰："先人①有言：'自周公②卒五百岁而生孔子。孔子卒后至于今五百岁，有能绍明世，正《易传》③，继《春秋》④，本《诗》《书》《礼》《乐》之际⑤。'意在斯乎！意在斯乎！小子⑥何敢让焉。"

【注释】

①先人：指司马迁的父亲司马谈。

②周公：姬旦，周文王之子，周武王之弟，周成王之叔。周成王即位时，因年幼，由周公摄政。

③《易传》：儒家学者解释《易经》的著作。儒家学术体系中，儒家经典著作为"经"，解释经文的为"传"，合称"经传"。

④《春秋》：儒家经典。编年体春秋简史。起于鲁隐公元年（公元前722 年），终于鲁哀公十四年（公元前 481 年），共计 242 年。

⑤《诗》《书》《礼》《乐》：《诗经》《尚书》《仪礼》（一说"三礼"，即《礼记》《仪礼》《周礼》）《乐经》，均为儒家的经典。

⑥小子：自称的谦辞。

【译文】

太史公说："先父曾说：'周公死后五百年而孔子诞生。孔子死后到现在又是五百年了，应该是到了有人能继承圣明时代的事业，修正《易传》，续写《春秋》，探求《诗经》《尚书》《仪礼》《乐经》根本的时候了。'追思遗言的用心，是期待有人继承这项事业吧？我怎么敢推辞呢。"

【原文】

上大夫壶遂①曰："昔孔子何为而作《春秋》哉？"太史公曰："余闻董生②曰：'周道衰废，孔子为鲁司寇③，诸侯害之，大夫壅④之。孔子知言之不用、道⑤之不行也，是非⑥二百四十二年之中，以为天下仪表⑦，贬天子，退诸侯，讨大夫，以达王事⑧而已矣。'子曰：'我欲载之空言，不如见之于行事之深切著明也。'夫《春秋》，上明三王之道，下辨人事之纪⑨，别嫌疑⑩，明是非，定犹豫，善善⑪恶恶，贤贤贱不肖⑫，存亡国，继绝世⑬，补敝⑭起废，王道之大者也。《易》著天地、阴阳、四时、五行⑮，故长于变；《礼》经纪⑯人伦，故长于行；《书》记先王之事，故长于政；《诗》记山川、溪谷、禽兽、草木、牝牡⑰、雌雄，故长于风⑱；《乐》乐所以立，故长于和；《春秋》辨是非，故长于治人⑲。是故《礼》以节人，《乐》以发和，《书》以道事，《诗》以达意，《易》以道化，《春秋》以道义。拨乱世反之正，莫近于《春秋》。《春秋》文成数万，其指⑳数千，万物之散聚皆在《春秋》。《春秋》之中，弑（shì）君三十六，亡国五十二，诸侯奔走不得保其社稷㉑者不可胜数。察其所以，皆失其本已。故《易》曰：'失之毫厘，差以千里。'故曰：'臣弑君，子弑父，非一旦一夕之故也，其渐㉒久矣。'故有国者不可以不知《春秋》，前有谗而弗见，后有贼而不知。为人臣者不可以不知《春秋》，守经事而不知其宜㉓，遭变事而不知其权㉔。为人君父而不通于《春秋》之义者，必蒙首恶㉕之名。为人臣子而不通于《春秋》之义者，必陷篡弑之诛㉖、死罪之名。其实皆以为善，为之不知其义，被之空言而不敢辞㉗。夫不通礼义之旨，至于君不君，臣不臣，父不父，子不子。君不君则犯，臣不臣则诛，父不父则无道，子不子则不孝。此四行者，天下之大过也。以天下之大过予之，则受而弗敢辞。故《春秋》者，礼义之大宗㉘也。夫礼禁未然㉙之前，法施已然㉚之后，法之所为用者易见，而礼之所为禁者难知。"

【注释】

①壶遂：汉代天文学家。曾与司马迁一起编写《汉历》（后人以此历颁布年号称其为《太初历》）。

②董生：指董仲舒，西汉思想家，司马迁少时曾拜他为师。曾提出"罢黜百家，独尊儒术"的主张，被汉武帝采纳。

③司寇：官名，掌管刑狱、纠察等事。

④雍（yōng）：阻挠，阻碍。

⑤道：学说，主张。此指孔子的政治主张。

⑥是非：评论褒贬。

⑦仪表：准则。

⑧王事：指王道，儒家所提倡的政治主张。

⑨人事：人情事理。纪：纲纪。

⑩嫌疑：疑惑难辨的事理。

⑪善善：表扬善良。前一"善"为动词，后一"善"为名词。下文的"恶恶"同此。

⑫贤、贱：均为形容词的意动用法。贤，以……为贤，推崇。贱，以……为贱，鄙薄。

⑬绝世：断绝禄位的世家。

⑭敝：通"弊"。弊病，害处。

⑮天地：指自然界和社会。阴阳：古代思想家将矛盾运动中的万事万物概括为阴、阳两个对立的范畴。四时：指春夏秋冬四季。五行：指水、火、金、木、土，古人认为此五种物质构成世间万物。

⑯经纪：安排调整。

⑰牝（pìn）牡：鸟兽的雌性和雄性。牝，雌性的鸟或兽。牡，指雄性的鸟或兽。

⑱风：教化，感化。

⑲治人：治理百姓。

⑳指：旨意。

㉑社稷：本指国家，此处指诸侯的封地和权力。

㉒渐：逐渐发展。

㉓守：掌管，处理。经事：日常的事务。

㉔权：权宜，变通。

㉕首恶：首当恶名。

㉖诛：惩罚。

㉗空言：指随意加之于身的批评谴责。辞：辩解。

㉘大宗：本原，根本法则。

㉙未然：还未成为现实。

㉚已然：已经成为现实。

【译文】

上大夫壶遂说："从前孔子为什么要写《春秋》呢？"太史公说："我听董仲舒先生讲：'周朝王道衰败废弛，孔子担任鲁国司寇，诸侯嫉恨他，卿大夫阻挠他。孔子知道自己的意见不会被采纳，政治主张也无法推行，便褒贬评定二百四十二年之间的历史，作为天下人行为的准则，讥评天子、斥责诸侯、声讨乱政的大夫，以达到阐明王道的目的罢了。'孔子说：'如果只记载一些不见用于当世的空洞说教，不如把我的主张深刻而显明地体现在对历史事件的记述中。'《春秋》这部书，往上阐明了三王治世的道理，对下辨明为人处世的纲纪，辨别疑惑难明的事理，弄清是非界限，论定犹豫不决之事，褒善抑恶，推崇贤人，鄙薄不肖，保存了一些衰亡国家的历史，延续已经断绝了的世系，补救弊端，振兴了已经衰废的事业，这些均属王道的重要内容。《易经》显示了天地、阴阳、四时、五行的规律，所以长于表现变化；《礼》调整了人与人的关系，所以长于引导人们的行为；《尚书》记载了古代帝王的事迹，所以长于指导政事；《诗经》记载了山川、溪谷、禽兽、草木、牝牡、雌雄，所以长于教化；《乐经》使人快乐，所以长于陶冶性情；《春秋》辨明是非，所以长于治理国家。因此，《礼》用来节制人们的言行，《乐经》用来启发和美的感情，《尚书》用来记述史实，《诗经》用来表达思想感情，《易经》用来阐明事物变化发展的道理，《春秋》用来阐明天下的义理。治理乱世，使之归于正轨，没有比《春秋》更为有效的了。《春秋》有数万字，它的要旨有几千字，而万事万物的成败聚散，均在《春秋》之中可以找到。《春秋》一书中记载臣子杀死国君的有三十六起，国家灭亡的有五十二个，诸侯亡命逃走，无法保全其封地权力的不可胜数。究其原因，都是失去了王道之本。所以《易经》上说：'失之毫厘，差以千里。'所以说：'臣子杀害国君，儿子杀死父亲，不是一朝一夕的缘故。而是逐步发展很长时间了。'因此，做国君的不可以不知道《春秋》，否则眼前有进谗言的小人却看不见，身后有奸贼却不知道。做臣子的不可以不知道《春秋》，否则处理日常事务就不知道恰当的办法，遇到意外的事情却不知道变通。作为国君或父亲，不通晓《春秋》的要义，终将会蒙受首恶的名声。作为大臣或儿子，不通晓《春秋》的大义，必定会陷入篡位杀父的法网中，落得个该死的罪名。其实他们都以为自己在做对的事情，仅是由于不懂得《春秋》大义，受到舆论的随意谴责而不敢辩驳。因为不通晓礼义的要旨，以至于做国君的不像国君，做大臣的不像大臣，做父亲的不像父亲，做儿子的不像儿子。倘若做国君的不像国君，大臣们便会犯上作乱；做大臣的不像大臣，就会获罪被杀；做父亲的不像父亲，就会没有伦理道德；做儿子的不像儿子，便会不孝敬父母。此四种行为，是天下最大的过错。把天下最大的过错加在这些人身上，他们也只能接受而不敢推卸。所以说《春秋》这部书，是礼义的根本法则。礼的作用是在坏事发生之前，便加以制止；法的作用，则是在坏事发生后加以处置。法的作用是比较容易看得见的，而礼所起的防患作用，则难以被人理解。"

【原文】

壶遂曰："孔子之时，上无明君，下不得任用，故作《春秋》，垂空文以断礼义①，当一王之法。今夫子上遇明天子②，下得守职，万事既具，咸各序其宜，夫子所论，欲以何明？"太史公曰："唯唯③，否否④，不然。余闻之先人曰：'伏羲⑤至纯厚，作《易》八卦；尧、舜之盛，《尚书》载之，礼乐作焉；汤、武之隆，诗人歌之。

《春秋》采善贬恶，推三代之德，褒周室，非独刺讥而已也。'汉兴以来，至明天子，获符瑞⑥，建封禅⑦，改正朔⑧，易服色⑨，受命于穆清⑩，泽流罔极⑪，海外殊俗⑫，重译款塞⑬，请来献见者，不可胜道。臣下百官力诵圣德，犹不能宣尽其意。且士贤能而不用，有国者之耻；主上明圣而德不布闻⑭，有司⑮之过也。且余尝掌其官，废明圣盛德不载，灭功臣、世家、贤大夫之业不述，堕⑯先人所言，罪莫大焉。余所谓述故事，整齐⑰其世传，非所谓作也，而君比之于《春秋》，谬（miù）矣。"

【注释】

①垂：流传，留传。空文：指文章著作。与具体的功业相对而言。

②明天子：圣明天子，此指汉武帝。

③唯唯：恭顺答应而不置可否貌。

④否否：犹言不是不是。多用于应对。

⑤伏羲（xī）：神话传说中的远古帝王。相传他教民结网，从事渔猎畜牧，又曾制作八卦。

⑥符瑞：吉祥的征兆。古人认为若君主按天意办事，实行仁德，则上天会降下祥瑞之象以示任命。

⑦封禅：古代帝王为表明自己受命于天所举行的祭祀天地的典礼，一般在泰山举行。登泰山筑坛以祭天叫"封"，在山南梁父山上辟基而祭地叫"禅"。汉武帝时曾举行过封禅。

⑧改正朔：指使用新历法。汉武帝恢复使用夏历，即以夏历正月作为岁首，此夏历历代沿用，直到清朝末年。

⑨易服色：改变车马、祭牲的颜色。历代各有所尚，汉朝初年崇尚黑色，汉武帝时则崇尚黄色。

⑩穆清：指天。

⑪泽：皇帝的恩泽。罔极：无穷尽。

⑫殊俗：风俗不同的远方、异邦。

⑬款塞：叩塞门，叩关。谓外族前来通好。

⑭布闻：传布，传扬。

⑮有司：古代设官分职，各有专司。此指史官。

⑯堕：废弃，丢弃。

⑰整齐：整治，使齐一。

【译文】

壶遂说："孔子的时代，国家没有圣明的君主，下层的人才得不到重用，所以他才著《春秋》，流传文章来判明什么是礼义，作为一代王朝的法则。如今您上遇圣明的君主，下有自己的官守职位，万事均已具备，各项事情均按适当的顺序进行。先生您的著述是为了说明什么道理呢？"太史公说："您这个说法很对，但我不是这个意思。我听先父说过：'伏羲氏最为纯朴忠厚，他创造了《周易》中的八卦；唐尧、虞舜时代的昌盛，《尚书》上有记载，礼乐就是在那时制定的；商汤、周武王时代的隆盛，古时的诗人已加以歌颂；《春秋》扬善贬恶，推崇夏、商、周三代的功德，褒扬了周朝，并非只是讽刺讥评。'汉朝建立以来，直到当今的圣明天子，得到了上天的祥瑞，到泰山举行封禅大典，更换了历法，改换了服色，受命于上天，其恩泽流布无边。海外的异族之邦，辗转通过几重翻译前来叩关，请求进献朝见的不可胜数。臣下百官极力颂扬天子的功德，仍不能完全表达他们的心意。况且，士人贤能而不被任用，这是国君的耻辱；皇帝英明神圣而其德政

没能广为流传，这是史官的过失。何况我曾担任过太史令的职务，倘若弃置天下圣德而不予以记载，对功臣、世家、贤大夫的功业不作记述而任其磨灭，丢弃先父生前的教诲，罪过实在太大了。我所说的记述过去的事情，仅是整理一下有关人物的家世传记，并不是所谓的创作。而您将它比作《春秋》，这是不对的啊。"

【原文】

于是论次①其文。七年而太史公遭李陵之祸②，幽于缧绁③。乃喟然而叹曰："是余之罪也夫！是余之罪也夫！身毁不用矣。"退而深惟④曰："夫《诗》《书》隐约⑤者，欲遂其志之思也。昔西伯拘羑里，演《周易》⑥；孔子厄陈、蔡，作《春秋》⑦；屈原放逐，著《离骚》⑧；左丘失明，厥有《国语》⑨；孙子膑脚，而论兵法⑩；不韦迁蜀，世传《吕览》⑪；韩非囚秦，《说难》《孤愤》⑫；《诗》三百篇，大抵贤圣发愤之所为作也。此人皆意有所郁结，不得通其道也，故述往事，思来者。"于是卒述陶唐⑬以来，至于麟止⑭，自黄帝⑮始。

【注释】

①论次：论定编次。

②七年：司马迁在太初元年（公元前104年）开始写《史记》，至天汉三年（公元前98年）遭李陵之祸而受宫刑，其间为七年。李陵之祸：李陵，陇西成纪（今甘肃静宁西南）人，名将李广的孙子。汉武帝时官拜骑都尉。天汉二年（公元前99年），汉武帝出兵三路攻打匈奴，任用他的宠妃李夫人的哥哥——贰师将军李广利为主力，李陵为偏师。李陵率军孤军深入腹地，遇匈奴主力而被围。李广利按兵不动，致使李陵兵败降胡。司马迁为李陵辩护，竟被汉武帝下狱判罪，处以宫刑。

③缧（léi）绁（xiè）：捆绑犯人的绳索，此处指监狱。

④深惟：深思。

⑤隐约：意深而言简。

⑥"昔西伯"二句：周文王被殷纣王拘禁在羑（yǒu）里（今河南汤阴北），将上古时的八卦，推演成六十四卦，即后世《周易》的主干。西伯，即周文王。

⑦"孔子"二句：孔子为宣传其政治主张，曾周游列国，到处碰壁。在陈国和蔡国之间的地方曾遭受断粮和被人围攻的困厄。其后孔子返回鲁国，整理修订《春秋》。厄，被困，受苦。

⑧"屈原"二句：见本书《屈原列传》。

⑨"左丘"二句：相传《国语》乃春秋时鲁国史官左丘明失明后所作。左丘，即左丘明。厥，乃，才。

⑩"孙子"二句：孙子，即孙膑，战国中期齐国人，曾与庞涓一起师从鬼谷子学兵法。后庞涓担任魏国大将，嫉妒孙膑的才能，将孙膑骗到魏国，处以膑刑。后孙膑担任齐国的军师，创造了"围魏救赵""减灶诱敌"等战法，名扬天下，著有《孙膑兵法》。

⑪"不韦"二句：吕不韦，战国末年卫国濮阳（今河南濮阳西南）人，为秦国宰相时召集宾客编著《吕氏春秋》。后被秦始皇免职，迁往蜀地的途中，忧惧而自杀。《吕览》，由于《吕氏春秋》中有《有始》《孝行》等八览，故用《吕览》代指《吕氏春秋》。

⑫"韩非"二句：韩非，战国末著名法家学派人物，由于李斯的推荐而入秦，后来又被李斯等人陷害，死于狱中。著有《韩非子》。《说难》《孤愤》，均为《韩非子》一书中的篇名。

⑬陶唐：古帝名，即唐尧。相传尧曾住在陶丘（今山东定陶西北），后受封于唐（今河北唐县），所以称陶唐。在《史记》中被列为五帝之一。

⑭至于麟止：元狩元年（公元前122年），汉武帝曾获白麟一只，《史记》记事即止于此年。

⑮黄帝：姬姓，号轩辕氏、有熊氏，传说中的远古帝王，中原各族的共同祖先。

【译文】

于是我论定编次所得材料。写了七年，因为李陵事件而遭遇大祸，被囚禁在牢狱之中，于是喟然而叹，说："这是我的罪过啊！这是我的罪过啊！身体已经残废，没有用了啊！"事后转而深思道："《诗经》和《尚书》意旨隐微而文辞简约，是作者想要表达自己的意志。从前周文王被拘在羑里，推演了《周易》；孔子被困在陈国和蔡国之间后，删定了《春秋》；屈原被放逐，著有《离骚》；左丘明双目失明，乃撰成《国语》；孙膑被处以膑刑，而论述兵法；吕不韦被贬徙蜀郡，才有《吕氏春秋》流传于世；韩非被囚在秦国，写下《说难》《孤愤》；《诗经》三百余篇，大都是圣人贤士抒发内心的愤懑而创作出来的。这些人都是因为志向被压抑，不能实现自己的理想和主张，所以追述往事，寄希望于将来。"于是编写出唐尧以来的历史，止于猎获白麟的元狩元年，而从黄帝开始。

名师点评

《太史公自序》是《史记》全书的纲领，是读者在读《史记》之前必须要了解的。作者采用对话的形式鲜明地向我们阐述了其撰写《史记》的目的：一方面是为了完成父亲的遗愿，另一方面是履行自己作为太史令的职责——如实记载圣明君主的功绩和功臣、世家、贤大夫的功业。然而在这本巨著编写到第七年的时候，司马迁获罪入狱，后遭受宫刑。西汉时，宫刑是奇耻大辱，污及先人，备受世人耻笑。为此，司马迁的内心极其痛苦，甚至想到过死亡，但是他没有忘记父亲的遗愿和身上的责任。于是，司马迁发愤著书，最终完成了这部巨著。司马迁面对挫折不屈不挠，时刻明确自身肩负的使命，他的精神值得我们称颂与学习。

延伸/阅读

司马谈、司马迁撰史书

司马谈，西汉史学家、思想家，夏阳（今陕西韩城南）人。司马谈博学多识，早年立志撰写一部通史。汉武帝元封元年（公元前110年），他随同汉武帝赴泰山封禅，途中身染重病，留在洛阳，不久即卒。在弥留之际，他嘱咐赶来探望的儿子司马迁继承他的遗志，写好一部史书。

司马谈在任太史令时，接触到各种图书文献，为《史记》的撰写积累了大量的第一手资料，并确立了部分论点。司马谈所著《论六家之要指》，总结了当时流行的阴阳、儒、墨、名、法、道等先秦各派学说，其六家之说为后来司马迁给先秦诸子作传以重要的启示与借鉴。《史记》中《刺客列传》《郦生陆贾列传》《樊郦滕灌列传》《张释之冯唐列传》诸篇之赞语，即为司马谈之原作。

司马谈之子司马迁，字子长。早年遍游南北，考察风俗，采集传说。初任郎中，奉使西南。汉武帝元封三年（公元前108年）继父职，任太史令，著述历史。后因替李陵败降之事申辩而获罪入狱，受宫刑，调任中书令，发愤继续完成所著史籍。人称其书为《太史公书》，后称《史记》。《史记》是中国最早的纪传体通史，是"二十四史"之首，对后世史学和文学均有深远影响，被鲁迅誉为"史家之绝唱，无韵之离骚"。

学海/拾贝

☆ 失之毫厘，差以千里。

☆ 夫礼禁未然之前，法施已然之后。

☆ 昔西伯拘羑里，演《周易》；孔子厄陈、蔡，作《春秋》；屈原放逐，著《离骚》；左丘失明，厥有《国语》；孙子膑脚，而论兵法；不韦迁蜀，世传《吕览》；韩非囚秦，《说难》《孤愤》；《诗》三百篇，大抵贤圣发愤之所为作也。

过秦论（上）

扫码看视频

名师导读

《过秦论》为西汉政论文名篇，收录在贾谊的文集《新书》当中，《史记》也曾援引此文。文章总结秦朝兴亡的历史经验，旨在通过分析秦二世而亡的教训，为西汉统治者提供借鉴，所以命名为《过秦论》。该文在《新书》中分为上、中、下三篇，本书所选是上篇。散文既有政论文的逻辑严谨、见解透辟、气势酣畅，又有辞赋的铺排夸饰、词华典赡，是汉代散文的杰作。清代诗文家林云铭曾评价："雄直之气，汪洋如万顷陂，一泻而下，莫之能御，此所谓阳刚之文。"

【原文】

秦孝公据殽、函之固①，拥雍州②之地，君臣固守，以窥周室③。有席卷天下、包举宇内、囊括四海之意④，并吞八荒⑤之心。当是时也，商君佐之，内立法度，务耕织，修守战之具，外连衡而斗诸侯⑥。于是秦人拱手而取西河之外⑦。

【注释】

①秦孝公：战国时秦国国君。秦献公之子。公元前361年—公元前338年在位。他任用商鞅，实行变法，使秦国日益富强。殽（xiáo）：同"崤"，

即崤山。在今河南洛宁北。函：函谷关。在今河南灵宝境内。固：地势险要，城郭坚固。

②雍州：《尚书·禹贡》所载的古九州之一，包括今陕西、甘肃和青海部分地区。雍州四面有河山之阻，形势险固。

③窥周室：伺机夺取周朝的政权。窥，伺机图谋，觊觎。

④席卷、包举、囊括：均为全部占有之义。宇内：天下，天地之间。

⑤八荒：八方荒远的地方。荒，古以离王都最远处为"荒服"，亦泛指边地、远方。

⑥连衡：又作"连横"，指秦分别与东方各国联合以达到各个击破的策略。斗诸侯：使诸侯之间争斗。

⑦拱手：极言不费力，轻易。西河：魏国在黄河以西的领土。

【译文】

秦孝公占据着崤山和函谷关的险固地势，拥有雍州的土地，君臣牢固地守卫着，并伺机夺取周王室的权力。大有席卷天下、包举宇内、囊括四海的意图，有着并吞八方的雄心。这一时期，商鞅辅佐秦孝公，对内建立法规制度，致力于农耕和纺织，修造用于攻守的武器装备；对外实行连横政

策，挑起诸侯间的矛盾斗争。因此，秦人轻而易举地夺取了西河以外的土地。

【原文】

孝公既没①，惠文、武、昭蒙故业②，因③遗策，南取汉中，西举巴蜀，东割膏腴之地，收要害之郡④。诸侯恐惧，会盟而谋弱秦，不爱珍器、

重宝、肥饶之地，以致⑤天下之士，合从⑥缔交，相与为一⑦。当此之时，齐有孟尝，赵有平原，楚有春申，魏有信陵⑧。此四君者，皆明智而忠信，宽厚而爱人，尊贤而重士，约从离横，兼韩、魏、燕、赵、宋、卫、中山之众。于是六国之士，有宁越、徐尚、苏秦、杜赫之属为之谋⑨，齐明、周最、陈轸、召滑、楼缓、翟景、苏厉、乐毅之徒通其意⑩，吴起、孙膑、带佗、兒良、王廖、田忌、廉颇、赵奢之伦制其兵⑪。尝以什倍之地，百万之众，叩关⑫而攻秦。秦人开关而延⑬敌，九国⑭之师遁逃而不敢进。秦无亡矢遗镞⑮之费，而天下诸侯已困⑯矣。于是从散约解，争割地而赂秦。秦有余力而制其弊，追亡逐北⑰，伏尸百万，流血漂橹⑱。因利乘便⑲，宰割天下，分裂河山。强国请服，弱国入朝。

【注释】

①没（mò）：通"殁"，去世。

②惠文、武、昭：指秦孝公之后的惠文王驷、武王荡、昭襄王则。蒙：继承。

③因：因袭，沿袭。

④要害之郡：与前句"膏腴之地"，分指秦武王时攻取韩国宜阳，秦襄王时魏国献其故都安邑。

⑤致：招引，招来。

⑥合从：又作"合纵"，指六国联合抵御秦国的策略。

⑦相与为一：相互结合成为一体。相与，交相，互相。

⑧"齐有孟尝"四句：孟尝，孟尝君田文。平原，平原君赵胜。春申，春申君黄歇。信陵，信陵君魏无忌。上述四公子皆以"养士"著称。

⑨宁越：赵人，周威王之师。苏秦：东周洛阳人，乃是合纵抗秦的倡导

者。杜赫：楚臣。

⑩齐明：东周臣子，后仕秦、楚及韩。周最：周之公子，后相齐、魏等国。陈轸（zhěn）：夏地人，早年仕秦，后往来于楚、齐之间。召滑：楚臣。楼缓：赵人，先后侍奉赵武灵王和秦昭襄王。翟（zhái）景：魏人。一说翟强，魏相。苏厉：苏秦之弟，仕齐。乐毅：燕将，军事家。

⑪吴起：卫人，军事家。孙膑：齐人，著名军事家。带佗（tuó）：或谓宫佗，魏将。儿良、王廖：军事家。田忌：齐名将。廉颇、赵奢：赵名将。伦：辈，类。制：掌管，统率。

⑫叩关：攻打关门。

⑬延：迎击。

⑭九国：指齐、楚、韩、魏、燕、赵、宋、卫、中山。

⑮镞（zú）：箭头。

⑯困：艰难，窘迫。

⑰逐北：追击败军。

⑱橹（lǔ）：大盾牌。

⑲因利乘便：凭借有利的形势。

【译文】

秦孝公死了以后，秦惠文王、秦武王、秦昭襄王承继先王奠定的基业，沿袭前代的策略，向南夺取汉中，向西攻取巴、蜀，向东割取肥沃的地区，占领非常重要的地区。各国诸侯因此恐惧，集合结盟，图谋削弱秦国，不惜用珍奇器具、贵重宝物和富饶的土地来招揽天下的贤才，采取合纵的策略缔结盟约，相互联成一体。在这期间，齐国有孟尝君，赵国有平原君，楚国有春申君，魏国有信陵君。这四个人都是明智忠信、宽厚爱人、尊贤重士的人，他们相约以合纵之策拆散秦国的连横之策，并联合了韩、魏、燕、赵、宋、卫、中山等国的军事力量。于是六国的人才，有宁越、徐尚、苏秦、杜赫这一类人为之出谋划策，齐明、周最、陈轸、召滑、楼缓、翟景、苏厉、乐毅等人为之联络互通信息，吴起、孙膑、带佗、兒良、王廖、田忌、廉颇、赵奢等人为之统率军队。他们曾经用十倍于秦的土地，上百万的军队，攻打函谷关来抗击秦国。秦人开关迎战，九国的军队不敢入关。秦人没有一兵一卒的耗费，然而天下的诸侯就已窘迫不堪了。于是，合纵离散了，盟约解除了，诸侯争着割让土地以贿赂秦国。秦国更是行有余力，抓住各诸侯国的弱点，追逐败逃的士兵，杀得积尸遍地，流血都使盾牌漂浮起来了。秦国趁着胜利的条件与时机，割取天下土地，使诸侯国山河破碎。强国主动表示臣服，弱国入秦朝拜。

【原文】

施及孝文王、庄襄王①，享国之日浅，国家无事。及至始皇②，奋六世之余烈③，振长策而御宇内④，吞二周⑤而亡诸侯，履至尊而制六合⑥，执敲扑⑦以鞭笞天下，威振四海。南取百越⑧之地，以为桂林、象郡⑨；百越之君俛首系颈⑩，委命⑪下吏。乃使蒙恬北筑长城而守藩篱⑫，却匈奴七百余里，胡人不敢南下而牧马，士不敢弯弓而报怨。于是废先王之道，燔⑬百家之言，以愚黔首⑭。隳⑮名城，杀豪俊，收天下之兵聚之咸阳，销锋镝⑯，铸以为金人十二，以弱天下之民。然后践华为城，因河为池⑰；据亿丈之城，临不测之溪以为固。良将劲弩，守要害之处，信臣精卒，陈利兵而谁何⑱。天下已定，始皇之心，自以为关中之固，金城⑲千里，子孙帝王万世之业也。始皇既没，余威震于殊俗。

【注释】

①施（yì）：延续。孝文王：秦昭襄王之子，正式登基三日后去世。庄

襄王：秦孝文王之子，公元前249年—公元前247年在位。

②始皇：庄襄王之子，即嬴政。统一六国后称始皇帝。

③六世：指秦孝公、惠文王、武王、昭襄王、孝文王、庄襄王六代。余烈：遗留下来的功业。

④长策：长鞭。比喻威势。御：治理，统治。

⑤二周：东周周赧王时，东、西周分治。西周建都在旧东都洛阳，东周建都在巩（今河南巩义）。西周灭于秦昭襄王五十一年（公元前256年），东周灭于秦庄襄王元年（公元前249年），其实与秦始皇无涉。

⑥六合：天地四方。指整个中国。

⑦敲扑：用刑的杖，短曰敲，长曰扑。

⑧百越：亦称"百粤"。古时我国南方地区越族部落的总称。

⑨桂林、象郡：郡名，在今广西境内。

⑩俛（fǔ）：同"俯"。低头，屈身。系颈：系绳于颈，表示降服。

⑪委命：将生命寄托于人，表示投降或伏法。

⑫蒙恬：秦朝大将，奉命统兵三十万修筑长城，防御匈奴。藩篱：边界，屏障。

⑬燔（fán）：焚烧。

⑭黔（qián）首：百姓。黔，黑色。

⑮隳（huī）：毁坏。

⑯销：熔化。锋镝（dí）：刀刃和箭镞，借指兵器。镝，通"镝"。

⑰河：黄河。池：护城河。

⑱谁何：指塞卒盘问出入关卡者的身份。何，通"呵"，呵斥，谴责。

⑲金城：坚固的都城。

【译文】

延续到秦孝文王、秦庄襄王，他们在位的时间不长，秦国并没有什么大事发生。到了秦始皇时，他继承并发扬了先辈六世的功业，挥动长鞭驾驭天下，吞并东西二周，灭亡诸侯六国，登上了皇帝的宝座，统治了全国，以高压残暴的手段役使人民，声望威震四海。向南攻取了百越领土，设置桂林郡、象郡，百越的君主低头受缚，服服帖帖地成了秦王朝的官吏。秦始皇于是又命令蒙恬在北方修筑长城，守卫边境，将匈奴击退七百多里，致使胡人不敢南下来放牧，勇士不敢拉弓射箭来报仇。秦始皇废弃了古代先王的仁爱治国之道，焚烧诸子百家的著作，以这种方法使百姓愚昧而易于统治。毁坏各诸侯国的名城大都，

杀戮豪杰之士，收缴天下的兵器，集中到咸阳，熔化了刀剑与箭镞，铸成十二个铜人，以削弱天下百姓反抗的力量。然后将华山作为城墙，依托黄河为护城河；凭借着亿丈高的华山，下临深不可测的黄河，自以为固若金汤。派良将手持硬弓捍卫着险要之地，亲信大臣率领精锐兵卒，手持锋利的兵刃盘问出入关卡的行人。天下已经平定，秦始皇心中自认为关中地位巩固，有如千里铜墙铁壁，是子孙后代万世称帝的基业。秦始皇去世之后，他的余威依然震慑着边远地区。

【原文】

　　然而陈涉[①]，瓮牖绳枢[②]之子，氓隶[③]之人，而迁徙之徒也，材能不及中庸，非有仲尼、墨翟之贤[④]，陶朱、猗顿之富[⑤]，蹑足行伍[⑥]之间，俛起阡陌之中，率罢弊之卒，将数百之众，转而攻秦。斩木为兵，揭竿为旗，天下云集而响应，赢粮而景从[⑦]，山东[⑧]豪俊遂并起而亡秦族矣。

【注释】

①陈涉：陈胜，秦末农民起义领袖。秦二世元年（公元前209年），他与吴广在大泽乡（今安徽宿州东南）率领九百名戍卒起义，反抗秦王朝的暴政，四方响应，声势浩大。

②瓮（wèng）牖（yǒu）绳枢：用破瓦作窗户，用绳子系门枢。指贫寒之家。牖，窗户。

③氓（méng）隶：旧时对劳动人民的贬称。

④仲尼：孔子，名丘，字仲尼。儒家的创始者。墨翟（dí）：墨子，名翟。墨家的创始者。

⑤陶朱：春秋越人范蠡，辅佐越王勾践灭吴后，弃官至陶（今山东定陶）经商致富，称陶朱公。猗顿：春秋鲁人，经营畜牧及盐业，十年成巨富。

⑥行伍：古代兵制，五人为伍，二十五人为行，因以"行伍"代指军队。

⑦赢粮：担负粮食，引申为携带粮食。景：后写作"影"。名词作状语，像影子一样。

⑧山东：崤山以东，此处指战国时秦国之外的六国。

【译文】

可是，陈涉不过是个贫家子弟，被役使的平民，而且是被征发守边的人，才能赶不上中等人，没有孔子、墨子的贤能，没有陶朱、猗顿的财富，只是置身于军队的底层，奋起于村野之间，率领疲惫涣散的士卒，带领着数百人的队伍，辗转推进，攻打秦国。他们砍下树木当作武器，高举竹竿当作旗帜，天下百姓像云一样会集，像回声一般应和，背着粮食如影随形地跟着，崤山以东的英雄豪杰于是一齐起事，就使秦王朝灭亡了。

【原文】

且夫天下非小弱也，雍州之地，殽、函之固，自若也。陈涉之位，

不尊于齐、楚、燕、赵、韩、魏、宋、卫、中山之君也；锄耰、棘矜^①，不铦于钩、戟、长铩也^②；谪戍之众^③，非抗于九国之师也；深谋远虑，行军用兵之道，非及曩^④时之士也。然而成败异变，功业相反。试使山东之国与陈涉度长絜大^⑤，比权量力，则不可同年而语矣。然秦以区区之地，致万乘之权，招八州^⑥而朝同列，百有余年矣。然后以六合为家，殽、函为宫。一夫作难而七庙隳^⑦，身死人手，为天下笑者，何也？仁义不施，而攻守之势异也。

【注释】

①锄耰（yōu）：农具名，锄和耰。一说锄柄。棘矜（qín）：戟柄。棘，通"戟"。

②铦（xiān）：锋利。长铩（shā）：长矛。

③谪戍之众：被谪发往戍所的人们。谪戍，因罪被罚守边。

④曩（nǎng）：从前。

⑤度（duó）：度量物的长短。絜（xié）：衡量，比较。

⑥八州：古时全国为九州，秦据有雍州，其余八州为六国之地。

⑦七庙隳（huī）：天子供奉祖先的宗庙被毁，指王朝覆灭。古代天子祖庙奉祀七世祖先，故称七庙。

【译文】

秦朝统治时期天下并没有缩小削弱，雍州的地势，崤山和函谷关的险固，还是保持着原来的样子。陈涉的地位，并不比齐、楚、燕、赵、韩、魏、宋、卫、中山等国国君尊贵；锄头、棍棒，并不比钩、戟、长矛锋利；被征发守边的士卒，并不比九国的军队强大；论深谋远虑，行军用兵的策略，也比不上过去诸侯国的谋士。然而成败却发生了变化，（相比之下）功业成就和所具备的智慧和实力恰恰相反。假使拿崤山以东诸侯国跟陈涉比一比，拥有土地的大小，权势兵力的强弱，都不能相提并论。但是秦国凭借小小的雍州作为根据地，得到了天子的权势，招来八州尊秦，使原来地位相等的六国诸侯都来朝拜，已经一百多年了。后来秦国又以整个天下为家，以崤山、函谷关为宫。不料陈涉一人发难，秦王朝顷刻覆灭，国君死于他人之手，让天下人耻笑，这是因为什么呢？是因为不施行仁政而使攻守的形势发生了变化啊。

名师点评

"过秦"，即指出秦的过失。从题目我们可以得知，文章的主要内容是在讨论秦朝的过失，其目的是通过探求秦王朝迅速灭亡的原因，为汉朝的统治者提供借鉴。文章虽旨在阐述深刻的道理，但作者用大部分篇幅来叙事，以史实为依据，让读者详细了解秦国是如何强大起来的，又是如何从雄霸天下的强国迅速沦为亡国的。文章善于运用对比，比如，秦的长久强盛与秦迅速灭亡的对比，九国强大的联盟力量和陈涉落后的队伍的对比等，通过对比突出作者的主题思想。文章还有一大特色就是善用排比，使文章读起来朗朗上口，增强气势，同时句式又善于变化，不至于单调。

延伸/阅读

贾谊英年早逝

贾谊出生在洛阳，师从荀况弟子张苍。贾谊十八岁时即以通诸子百家、能诵诗书、善文而闻名。

　　河南郡守吴公听说了贾谊的才名，将贾谊召在门下，非常器重。后来，吴公将贾谊推荐给汉文帝，汉文帝遂委以博士的职务。贾谊当时只有二十一岁，成了朝中最年轻的博士。

　　那时，贾谊每次在汉文帝出题讨论时都会以精辟的见解获得同僚的赞许，也令汉文帝非常欣赏。因此，一年之内，贾谊便被提拔为太中大夫。由于贾谊才能突出，表现优异，汉文帝想提拔他为公卿。但当时的绛侯周勃、灌婴等人对贾谊深怀嫉妒之心，便进言诽谤贾谊。于是汉文帝逐渐疏远了贾谊，并自此以后很少采纳他的意见。

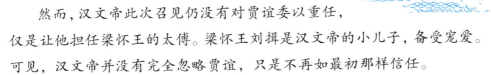

　　汉文帝四年（公元前176年），贾谊被外放为长沙王太傅，在长沙谪居长达三年。汉文帝因想念贾谊，于是征召贾谊入京。

　　然而，汉文帝此次召见仍没有对贾谊委以重任，仅是让他担任梁怀王的太傅。梁怀王刘揖是汉文帝的小儿子，备受宠爱。可见，汉文帝并没有完全忽略贾谊，只是不再如最初那样信任。

　　此后，贾谊虽时有精彩政论，但建议多不得汉文帝采纳。直至汉文帝十一年（公元前169年）梁怀王不慎坠马而亡，贾谊认为自己身为太傅却没有尽到责任，深感自责，于第二年抑郁而终，年仅三十三岁。

学海/拾贝

　　☆ 及至始皇，奋六世之余烈，振长策而御宇内，吞二周而亡诸侯，履至尊而制六合，执敲扑以鞭笞天下，威振四海。

　　☆ 天下已定，始皇之心，自以为关中之固，金城千里，子孙帝王万世之业也。

　　☆ 斩木为兵，揭竿为旗，天下云集而响应，赢粮而景从。

　　☆ 一夫作难而七庙隳，身死人手，为天下笑者，何也？ 仁义不施，而攻守之势异也。

答苏武书

扫码看视频

名师导读

　　旧题李陵作。《文选》和《古文观止》都曾收录此文。李陵，汉代名将李广之孙。武帝天汉二年（公元前99年），李陵跟随贰师将军李广利讨伐匈奴。因途中主力军迷路，没有及时赶到约定地点，李陵只能率五千步兵与匈奴交战。他们孤军深入又遭叛徒陷害，最终寡不敌众而被迫投降。苏武出使匈奴被扣留，因为誓死不降而被充军北海（今贝加尔湖一带）。苏、李二人是旧友，匈奴单于曾派李陵去劝降，苏武严词拒绝。苏武返回汉朝后，二人仍有书信往来。苏武写信劝李陵归汉，李陵则写了这封书信来剖白心迹。

【原文】

　　子卿足下①：

　　勤宣令德②，策名③清时，荣问休畅④，幸甚，幸甚！远托异国，昔人所悲，望风怀想，能不依依！昔者不遗，远辱⑤还答，慰诲勤勤，有逾骨肉。陵虽不敏，能不慨然！

【注释】

　　①足下：交往中称对方的敬辞。古代可用于称前辈或同辈。

②勤：尽力，为……尽力。令德：美德。令，美好。

③策名：把士人的姓名登记在官府的简策上，指出仕、任官。

④荣问：好名声。问，通"闻"，声誉。休畅：休善畅通。

⑤辱：书信中的谦辞，承蒙之意。

【译文】

子卿足下：

您尽力发扬着美德，在政治清明之时做官，美名广泛传扬，很值得庆幸，很值得庆幸！我流落在异国他乡，这是前人所感到悲伤的，遥望故国，怀念老友，怎能不令人恋恋不舍！从前蒙您不嫌弃，从远方给我回信，殷勤地安慰、教诲我，超过了骨肉之情。我虽然愚钝，又怎能不感慨万分！

【原文】

自从初降，以至今日，身之穷困，独坐愁苦。终日无睹，但见异类①。韦韝毳幕②，以御风雨；膻肉酪浆，以充饥渴。举目言笑，谁与为欢？胡地玄冰，边土惨裂，但闻悲风萧条之声。凉秋九月，塞外③草衰，夜不能寐，侧耳远听，胡笳④互动，牧马悲鸣，吟啸成群，边声四起。晨坐听之，不觉泪下。嗟乎，子卿！陵独何心，能不悲哉！

【注释】

①异类：古人对少数民族的蔑称。

②韦韝（gōu）：皮革做的长袖套，用来束衣袖。韦，皮革。韝，古代射箭、架鹰时戴的革制臂套。毳（cuì）幕：游牧民族居住的毡篷。

③塞外：旧时指外长城以北。

④胡笳（jiā）：古代北方民族所奏的管乐器，其音悲凉。

【译文】

我从投降以来，处境窘困，一个人独自坐着发愁痛苦。整天看不到别的，只见到些异族人。戴着皮袖套，住在毡帐里，用以抵御风雨；吃腥膻的肉，喝牛羊的奶，用以充饥解渴。眼看四周，举目无亲，有谁能一起谈笑欢乐呢？匈奴之地冰封雪积，边塞的土地冻得开裂，只能听到凄厉的寒风呼啸。凄凉的秋天九月，塞外的草

木都衰败了，夜里无法安睡，侧耳倾听，胡笳声此起彼伏，牧马悲伤地嘶叫，乐曲声和嘶鸣声交织相混，在边塞的四面响起。清晨坐起来听着这些声音，不知不觉流下泪水。唉，子卿！难道我李陵的心与众不同，面对此情此景能不悲伤吗！

【原文】

与子别后，益复无聊。上念老母，临年①被戮；妻子无辜，并为鲸鲵②。身负国恩，为世所悲。子归受荣，我留受辱，命也何如！身出礼义之乡，而入无知之俗，违弃君亲之恩，长为蛮夷③之域，伤已！令先君之嗣，更成戎狄④之族，又自悲矣！功大罪小，不蒙明察，孤负陵心区区⑤之意。每一念至，忽然忘生。陵不难刺心以自明，刎颈以见志，顾国家于我已矣，杀身无益，适足增羞，故每攘臂⑥忍辱，辄复苟活。左右之人，见陵如此，以为不入耳之欢，来相劝勉，异方之乐，祇⑦令人悲，增忉怛⑧耳。

【注释】

①临年：达到一定的年纪，此处指已至暮年。

②鲸鲵（ní）：鲸，古时雄曰鲸，雌曰鲵。此处比喻无辜被杀戮的人。

③蛮夷：古时对四方边远地区少数民族的泛称。

④戎狄：古民族名，西方曰戎，北方曰狄。后以泛指西北少数民族。

⑤区区：微小，此处指诚恳。

⑥攘臂：捋起袖子，露出手臂。形容振奋或发怒的样子。

⑦秖（zhǐ）：同"衹"，只，仅仅。

⑧忉（dāo）怛（dá）：悲痛忧伤。

【译文】

同您分别以后，更加感到无聊。想到高堂老母，到垂暮之年遭受刑戮；妻子儿女是无罪的，也一并死于非命。我辜负了国家的恩德，被世人悲叹。您回国后得到荣誉，我留居此地得到耻辱，此乃命中注定，有什么办法！我出身于礼仪之邦，却来到这蒙昧无知的地方，背弃了国君和父母的恩德，长期留在这蛮夷的地域，真是伤心啊！令我祖先的后代，变成了戎狄的族人，更让自己觉得悲伤了！我在与匈奴作战中功大罪小，却没有人洞察问题的本质，我的忠诚也被误解和辜负。每当想到这里，恍惚之中仿佛失去了对生的留恋。我以刺穿心脏来表明心迹，刎颈自杀来显示志向并不难，可是国家对我已恩断义绝，自杀没有益处，恰恰足以增加耻辱，所以每当因忍受屈辱而感到愤慨，却又苟且地活在世上。身边的人看到我这样，便制造一些其实令人难以接受的欢乐场面宽慰我，然而异国的娱乐，只能使我悲伤，增加我的忧愁而已。

【原文】

嗟乎，子卿！人之相知，贵相知心。前书仓卒未尽所怀，故复略而言之。昔先帝①授陵步卒五千，出征绝域，五将失道，陵独遇战，而裹万里之粮，帅徒步之师，出天汉②之外，入强胡之域，以五千之众，对十万之军，策疲乏之兵，当新羁之马。然犹斩将搴③旗，追奔逐北，灭迹扫尘，斩其枭帅④，使三军之士视死如归。陵也不才，希当大任，意谓此时，功难堪矣。匈奴既败，举国兴师，更练精兵，强逾十万，单于临阵，亲自合围。客主之形，既不相如；步马之势，又甚悬绝。疲兵再战，一以当千，然犹扶乘创痛，决命争首⑤。死伤积野，余不满百，而皆扶病，不任干戈⑥。然陵振臂一呼，创病皆起，举刃指虏，胡马奔走；兵尽矢穷，人无尺铁，犹复徒首⑦奋呼，争为先登。当此时也，天地为陵震怒，战士为陵饮血⑧。单于谓陵不可复得，便欲引还，而贼臣⑨教之，遂使复战，故陵不免耳。昔高皇帝以三十万众，困于平城⑩。当此之时，猛将如云，谋臣如雨，然犹七日不食，仅乃得免。况当陵者，岂易为力哉？而执事者⑪云云，苟怨陵以不死。然陵不死，罪也。子卿视陵，岂偷生之士而惜死之人哉？宁有背君亲、捐妻子，而反为利者乎？然陵不死，有所为也。故欲如前书之言，报恩于国主耳。诚以虚死不如立节，灭名不如报德也。昔范蠡不殉会稽之耻⑫，曹沫不死三败之辱⑬，卒复勾践之仇，报鲁国之羞。区区之心，窃慕此耳。何图志未立而怨已成，计未从而骨肉受刑。此陵所以仰天椎心而泣血⑭也！

【注释】

①先帝：此指已逝的汉武帝。

②天汉：指汉朝疆土。

③搴（qiān）：拔取。

④枭（xiāo）帅：骁勇的将帅。

⑤决命争首：拼命争先而战。

⑥干戈：兵器。

⑦徒首：光着头。谓身无甲胄。

⑧饮血：泣血，形容极度悲愤。

⑨贼臣：指叛徒管敢。管敢原是李陵部下的低级军官，李陵军受到匈奴军重创，管敢投降了匈奴，将汉军情况泄露给匈奴单于，单于就再度攻击李陵。

⑩"昔高皇帝"二句：汉高祖七年（公元前200年），韩王信与匈奴勾结谋反，高祖刘邦率师亲征，到平城（今山西大同），被匈奴围困七天。

⑪执事者：当权者，指汉朝廷大臣。

⑫"昔范蠡"句：春秋时，越王勾践被吴王夫差围困在会稽山，勾践派谋士范蠡作为人质，向吴国求和，越国争取到喘息机会，最终灭掉了吴国。

⑬"曹沫"句：春秋时，鲁庄公的大将曹沫与齐国作战，三战三败，只能割地求和。后来齐桓公与鲁庄公会盟，曹沫用匕首劫持齐桓公，迫使桓公归还侵占的鲁国土地。

⑭椎心而泣血：捶胸痛哭，流出血泪。

【译文】

唉，子卿！人的相知，贵在知心。前一封信写得仓促，没能充分说完我心里的话，所以再简略地说一说。从前先帝交给我五千步兵，出征到极边远的地方，五位将军迷失路途没有及时到达约定的地点，只有我李陵一支队伍单独与匈奴作战。我带着远征万里的粮草，率领徒步行军的部队，越出国境以外，进入强大的胡人的地区，凭着五千之众，对付敌人十万大军，指挥疲惫的步兵抵挡敌人刚出营的骑兵。然而，我们还是斩将夺旗，追逐败逃之敌，在肃清残敌时，斩杀敌人骁勇的将领，使得我方三军将士视死如归。我虽然没有才能，很少承担重大的任务，但心里认为，这个时候的战功也算是很难胜过的了。匈奴兵败之后，又全国动员，挑选精兵，强大的敌军超过了十万，单于临阵指挥，亲自对我们进行合围。客军与主军的形势既不能相比，步兵与骑兵的力量又悬殊。我方疲惫的士兵再次投入战斗，一个人要抵挡上千人，但仍不顾伤痛，拼命争先。死伤者堆积遍野，剩下的还不满一百人，又都带着伤病，几乎不能拿起武器。然而只要我振臂一呼，带着伤痛的士兵又都振奋起来，拿起武器刺向敌人，打得匈奴骑兵都逃跑了；兵器耗尽，箭镞射光，手无寸铁，头盔都没有了，仍然高呼杀敌，争先恐后地往前冲。在这时，真是天地为我愤怒，战士们为我泣血。匈奴单于认为不可能再俘获我，就打算退兵回去。但是叛汉的贼子管敢叫匈奴继续进攻，于是重新开战，最终我不幸被俘。从前高皇帝亲率三十万大军，被匈奴围困在平城。在那时猛将如云，谋臣如雨，然而还是被围困七天，粮食断绝，仅仅免于被歼灭。何况像我李陵这样的人，难道就容易有所作为吗？可是皇上身边的大臣却议论纷纷，只是埋怨我没能以死殉国。不过我未能以死殉国，确实有罪。子卿，您看我李陵，难道是贪生怕死的人吗？哪里会有背弃国君、父母，抛弃妻子儿女，却认为这是对自己有利的人呢？我之所以不死，是想有所作为啊。本来是想要像前一封信所说的那样向君主报恩罢了。我确实认为，与其白白地死去，不如树立名节；与其身死名灭，不如报答恩德。从前范蠡不为会稽之耻而殉难，曹沫不为三败的屈辱而死，最终范蠡为勾践报了仇，曹沫为鲁国雪了耻。我的内心，就是羡慕他们的作为而已。哪里想到志向还没有实现就受到责怨，计划还没有实行，亲人就遭到杀戮。这便是我仰望苍天捶胸痛哭的原因啊！

【原文】

足下又云："汉与功臣不薄。"子为汉臣，安得不云尔乎！昔萧、樊囚絷[1]，韩、彭菹醢[2]，晁错受戮[3]，周、魏见辜[4]；其余佐命立功之士，贾谊、亚夫[5]之徒，皆信命世之才，抱将相之具，而受小人之谗，并受祸败之辱，卒使怀才受谤，能不得展。彼二子之遐举[6]，谁不为之痛心哉！陵先将军[7]，功略盖天地，义勇冠三军，徒失贵臣[8]之意，到身绝域之表。此功臣义士所以负戟而长叹者也，何谓"不薄"哉？且足下昔以单车⑨之使，适万乘之虏，遭时不遇，至于伏剑⑩不顾，流离辛苦，几死朔北之野。丁年奉使，皓首而归，老母终堂，生妻去帷，此天下所希闻，古今所未有也。蛮貊⑪之人尚犹嘉子之节，况为天下之主乎？陵谓足下当享茅土之荐⑫，受千乘之赏⑬，闻子之归，赐不过二百万，位不过典属国⑭，无尺土之封，加子之勤；而妨功害能之臣尽为万户侯，亲戚贪佞之类悉为廊庙宰⑮。子尚如此，陵复何望哉？且汉厚诛陵以不死，薄赏子以守节，欲使远听之臣望风驰命，此实难矣，所以每顾而不悔者也。陵虽孤恩，汉亦负德。昔人有言："虽忠不烈，视死如归。"陵诚能安，而主岂复能眷眷乎？男儿生以不成名，死则葬蛮夷中，谁复能屈身稽颡⑯，还向北阙⑰，使刀笔之吏⑱弄其文墨耶！愿足下勿复望陵。

【注释】

①萧：萧何，沛县（今属江苏）人。汉朝开国功臣。汉高祖时任相国。因劝汉高祖开放上林苑空地给百姓耕种，触怒皇帝而被捕入狱。后经大臣援救，得以开释。樊：樊哙，汉朝开国功臣。曾被人诬告与吕后结党欲谋杀赵王如意（刘邦的儿子），被汉高祖逮捕，后被吕后释放。囚絷（zhí）：拘禁。

②韩：韩信，汉朝开国功臣。被人密告谋反，吕后设谋将他逮捕，斩于长乐宫。彭：彭越，汉初功臣。被人告发谋反，被汉高祖所杀。菹（zū）醢（hǎi）：古代酷刑之一，把人杀死后剁成肉酱。

③晁（cháo）错受戮：晁错是西汉景帝的谋臣，官至御史大夫。他提出削夺诸侯王国封地的建议，得到汉景帝采纳。吴王刘濞（bì）等以诛晁错为名发动七国叛乱。晁错为袁盎所谗，被汉景帝下令诛杀。

④周：周勃。秦末随刘邦起兵，因军功被封为将军。曾被人诬告谋反，被捕入狱，后因薄太后挽救，得以释放。魏：窦婴。汉景帝时任大将军，汉武帝时任丞相，因功封魏其侯。遭丞相田蚡诬陷，被杀。

⑤亚夫：周亚夫，周勃之子，汉初大将，封条侯。汉景帝时任太尉，率师平定吴楚七国之乱。后以其子私买甲盾被捕下狱，绝食而死。

⑥彼二子：指贾谊与周亚夫。退举：婉辞，指死亡。

⑦陵先将军：指李陵已故的祖父李广。李广在汉景帝和汉武帝时，多次击败前来侵扰的匈奴军，时称"飞将军"。后随大将军卫青攻匈奴，因迷失路途贻误军机，被责自杀。

⑧臣：指卫青。卫青是汉武帝卫皇后的同母弟，卫青对李广这次失误十分不满。所以此处有"失贵臣之意"的说法。

⑨单车：一辆车。

⑩伏剑：用剑自杀，此指苏武在匈奴受审前曾引剑自杀的事。

⑪蛮貊（mò）：泛指少数民族。

⑫茅土之荐：指赐土地，封诸侯。古代帝王社祭之坛用五色土建成，分封诸侯则按方位取坛上一色土，包以白茅，授给受封之人，作为其分得土地的象征。

⑬千乘之赏：指封赏为诸侯。

⑭典属国：官名，掌管少数民族事务。苏武回国后任此职。

⑮廊庙宰：执政大臣。廊庙，宫殿四周的廊和太庙，帝王与大臣议论朝政的处所，因此以廊庙代称朝廷。

⑯稽颡（sǎng）：磕头，以额触地。表示极度的虔诚。颡，面额。

⑰北阙：皇宫北面的门楼，大臣等候朝见或上书奏事的地方。此处用以指朝廷。

⑱刀笔之吏：主办文案的官吏。刀、笔均为书写工具，古代无纸，书写时用刀刻于龟甲，或用笔写于竹简上。

【译文】

您又说："汉朝对待功臣不薄。"您身为汉臣，哪能不这样说呢！从前萧何、樊哙被囚禁，韩信、彭越被剁成肉酱，晁错被杀戮，周勃、窦婴被判了罪；其余辅佐朝廷立下功劳的人，如贾谊、周亚夫这批人，都的确是当时杰出的人才，具备担任将相的才略，却受到小人的谗毁，都受到灾祸和失败的耻辱，最终使得他们空怀才能受到诽谤，才能得不到施展。他们二人逝去，谁不为他们痛心呢！我已故的祖父李广将军，功绩和谋略盖天地，忠义和勇敢全军数第一，只是没有迎合权贵的心意，被迫自杀在边远的疆场。

这就是功臣和义士执戟长叹的原因啊，怎么能说汉朝对功臣"不薄"呢？再说您从前只凭一辆车出使到兵力强大的敌国，因为运气不好，以致伏剑自杀也不在乎，颠沛流离，辛苦备尝，几乎死在塞北荒野。壮年奉命出使，白头才得以回归，老母在家亡故，年轻的妻子改嫁。这是天下很少听到，从古到今所没有的事情。异族的人尚且赞美您的节操，何况身为天下之主的皇上呢？我认为您应当享受分封诸侯的待遇，得到千乘之国的赏赐，可是听说您回去以后，赏赐不过二百万，官位仅是个典属国，并没有尺寸之地的封赏来嘉奖您的功劳；而那些妨碍国事、陷害贤能的佞臣均被封为万户侯，皇亲国戚、贪赃枉法的奸佞之徒都做了朝廷的高官。您尚且受到这样的待遇，我李陵还有什么指望呢？况且汉朝因为我不肯死节就大加诛杀，而对您的坚贞守节只给予微薄的奖赏，如此对待功臣还想让远方听候命令的臣子急切地为朝廷效力，这实在是太困难了，这是我每每回顾往事而不后悔的原因。我虽然辜负了汉朝的恩情，但汉朝也辜负了我的功德。前人有句话："即使忠诚之心不被世人遍知，也能做到视死如归。"我固然能够安心死节，可皇上就能因此对我有眷顾之情吗？男子汉活着不能成就英名，死了就让他埋葬在异族的土地上吧，谁还能再弯腰下拜（请罪），回到汉朝，听凭那帮刀笔吏舞文弄墨、随意发落呢？希望您不要期望我回到汉朝了。

【原文】

嗟乎，子卿！夫复何言？相去万里，人绝路殊，生为别世之人，死为异域之鬼，长与足下，生死辞矣！幸谢故人①，勉事圣君。足下胤子②无恙，勿以为念。努力自爱。时因北风，复惠德音。李陵顿首③。

【注释】

①故人：老朋友。

②胤子：儿子。胤，后代。苏武曾在匈奴娶匈奴女为妻，生子名通国。写此信时苏通国尚在匈奴。

③顿首：叩头。用于书信的开头或结尾。

【译文】

唉，子卿！还能说什么呢？相隔万里之遥，人的身份不同，人生道路也迥然相异。活着时是另一世间的人，死后便成了异国的鬼魂。我和您永别，生死都不得相见了！请代我向老朋友们致意，希望他们勉力侍奉圣明的君主。您的儿子安然无恙，不必挂念。希望您努力珍重。希望您时常通过北方的使者，惠赐来信。李陵顿首。

名师点评

本文言辞恳切，令读者不得不为李陵的一腔报国之志无法施展而惋惜，又对他的境遇非常同情。李陵叙述了将他逼上绝路的那场战役，他虽然最终兵败，但他以五千步兵对抗敌军十万骑兵，且没有援军，纵使战败也是无可奈何。文中多处使用对比，疲惫的五千步兵与十万骑兵的对比，有功的大臣被杀害与奸臣成为万户侯的对比，极具渲染力。但无论李陵如何说，都是在为自己投降匈奴辩护，与苏武的坚贞不屈形成对比。

延伸/阅读

苏武牧羊

天汉元年（公元前100年），汉朝和匈奴的关系时好时坏。当时，匈奴的新单于即位后，尊大汉为丈人，汉武帝为了缓和和匈奴的关系，派遣苏武率领一百多人带着厚礼出使匈奴，持旄节护送扣留在汉的匈奴使者回国。不料，就在苏武完成了出使任务，准备踏上归途的时候，匈奴统治阶级出现了内讧，苏武一行受到牵连，被扣留下来。匈奴方面要求苏武等人臣服于单于。

最初，单于派卫律利诱苏武，许他以高官和丰厚的俸禄，苏武断然拒绝了。匈奴见利诱不起作用，就决定威逼。当时正值严冬，大雪纷飞。单于命人把苏武关进一个露天的大地穴，不给他食物和水，希望这样可以令苏武屈服。时间一天天过去，苏武在地窖里受尽了折磨。渴了，他就吃一把雪；饿了，就嚼身上穿的羊皮袄。即便如此，他依然不肯背叛朝廷，单于只好把苏武放出来了。苏武持节不屈的精神打动了单于，单于不忍心杀苏武，又不想让他返回自己的国家，于是决定把苏武流放到北海（今贝加尔湖一带），让他去牧羊。单于许诺他，只要这些羊生了羊羔，就让他回到大汉去。然而，单于给他的这些羊全是公羊。

在人迹罕至的贝加尔湖边，苏武牧羊长达十九年之久。这十几年中，当初下命令囚禁他的匈奴单于已不在人世了，汉武帝也去世了，现在在位的是汉武帝的儿子汉昭帝。公元前85年，匈奴出现了内乱，匈奴已经没有力量再跟汉朝打仗，于是又打算同汉朝和好。汉昭帝两次派出使者来到匈奴，要求放回苏武、常惠等人，单于才答应送回苏武。

当初苏武出使时，随行的有一百多人，这次跟着他回来的就只剩常惠等几个人了；当年出使时刚四十岁的苏武，如今也变成了一位白发苍苍的老人。昭帝始元六年（公元前81年），苏武终于回到了长安，长安的百姓都出来迎接，称赞他是个有气节的大丈夫。苏武去世后，汉宣帝将其列为"麒麟阁十一功臣"之一，以彰显其节操。

学海/拾贝

☆ 人之相知，贵相知心。

☆ 诚以虚死不如立节，灭名不如报德也。

☆ 生为别世之人，死为异域之鬼，长与足下，生死辞矣！

前出师表

扫码看视频

名师导读

　　本文见于《三国志·蜀书·诸葛亮传》，《文选》和《古文观止》亦有收录。篇名为后人所加，相对于《后出师表》，故称《前出师表》。蜀汉后主建兴五年（公元 227 年），诸葛亮准备出师伐魏，他深知刘禅暗弱，颇有内顾之忧，所以临行上表劝诫。文章通过分析局势，劝导后主刘禅继承先帝遗志，吸取历史教训，励精图治，亲贤远佞。同时，追念先帝的知遇之恩，陈述自己对蜀汉的忠诚和北取中原的决心。全篇结构谨严，情辞恳切，不假修饰，为后代政治家和文学家所推重。宋人苏轼说它"简而尽，直而不肆"，明人归有光说它"沛然从肺腑中流出，不期文而自文"。

【原文】

　　臣亮言：先帝创业未半而中道崩殂①。今天下三分，益州疲敝②，此诚危急存亡之秋也③。然侍卫之臣不懈于内，忠志之士忘身于外者，盖④追先帝之殊遇，欲报之于陛下⑤也。诚宜开张圣⑥听，以光先帝遗德，恢宏⑦志士之气，不宜妄自菲薄⑧，引喻失义⑨，以塞忠谏之路也。宫中府中⑩，俱为一体，陟罚臧否⑪，不宜异同。若有作奸犯科⑫及为忠善者，宜付有司⑬论其刑赏，以昭陛下平明之治，不宜偏私，使内外异法也。

【注释】

①先帝：指蜀昭烈帝刘备。崩殂（cú）：指帝王之死。

②益州：汉行政区域十三刺史部之一。疲敝：贫弱。

③诚：确实是。秋：时候，日子。古人多以"秋"称多事之时。

④盖：承接上文，表示原因或理由。

⑤陛下：对皇帝的尊称，表示不敢直接面对皇帝，而通过陛阶下的侍从转致的意思。

⑥圣：古时对皇上的极称。

⑦恢宏：发扬使之扩大。

⑧妄自菲薄：毫无理由地自己轻视自己。

⑨引喻：称引和比喻，此指言谈。失义：失当，不合大义。

⑩宫中：指宫廷内朝中的亲近侍臣，如文中的侍中、侍郎之类。府中：指丞相府中的官吏，如文中的长史、参军等。

⑪陟（zhì）：升官进位。臧（zāng）否（pǐ）：褒贬。

⑫犯科：触犯法律中的科条。

⑬有司：有关的专管官署或官吏。

【译文】

臣诸葛亮上表进言：先帝创建王业还未完成一半就中途驾崩。现在天下三足鼎立，蜀汉的人力物力是那么疲乏困顿，这真是攸关生死存亡的时刻啊。然而，侍奉护卫陛下的大臣们在皇宫内毫不懈怠，忠贞的将士在战场上奋不顾身，那是因为大家都在追念先帝对他们不同一般的赏识，要向陛下表示报答之情啊。陛下实在应该广泛地听取大家的意见，将先帝的美德发扬光大，也使大臣们坚贞为国的正气得到弘扬，不可自己看轻自己而不加振作，言谈训谕时有失大义，以致把臣民向您尽忠规劝的言路也阻塞了。宫廷之中和丞相府中的官吏都是一个整体，赏罚褒贬，不应该有不同的标准。如果有为非作歹、犯科条法令的人或忠心做善事的人，应当交给主管的官，判定他们应当受罚或者受赏，来显示陛下公正严明的治理，而不应当有偏袒和私心，使宫中府中奖罚方法不同。

【原文】

　　侍中、侍郎郭攸之、费祎、董允等①，此皆良实，志虑忠纯，是以先帝简拔以遗陛下。愚以为宫中之事，事无大小，悉以咨之，然后施行，必能裨补②阙漏，有所广益。将军向宠③，性行淑均④，晓畅军事，试用于昔日⑤，先帝称之曰能，是以众议举宠以为督⑥。愚以为营中之事，事无大小，悉以咨之，必能使行阵⑦和穆，优劣得所也。亲贤臣，远小人，此先汉⑧所以兴隆也；亲小人，远贤臣，此后汉⑨所以倾颓也。先帝在时，每与臣论此事，未尝不叹息痛恨于桓、灵也⑩。侍中、尚书、长史、参军⑪，此悉贞亮⑫死节之臣也，愿陛下亲之信之，则汉室之隆，可计日而待也。

【注释】

　　①侍中、侍郎：都是皇帝左右的亲近侍臣，不仅随从出入，还备以顾问。郭攸之：南阳人，性和顺，先后与费祎、董允同为侍中。费祎（yī）：字文伟，江夏鄳（méng）人，后主即位时为黄门侍郎，后迁侍中，位至大将军，录尚书事。延熙十年，被魏降人郭脩（一说郭循）刺死。董允：字休昭，后主即位时为黄门侍郎，寻迁侍中，以能抑制宦官黄皓，对后主多有匡助，以侍中兼尚书令。

　　②裨补：弥补缺点和不足。

　　③向宠：蜀大臣向朗之侄，后主时先后任中部督和中领军。

　　④淑均：善良公平。

⑤试用于昔日：指向宠曾随刘备伐吴，秭归兵败，唯他的营垒得到保全。

⑥举宠以为督：当时蜀大臣拟推举向宠为中部督，主管宫廷禁军的事务。

⑦行阵：指部队。

⑧先汉：犹言前汉，西汉。

⑨后汉：指东汉。

⑩桓：东汉桓帝刘志。灵：东汉灵帝刘宏。

⑪侍中：指郭攸之和费祎。尚书：协助皇帝处理公文政务的官吏，此指陈震。长史：丞相府主要佐官，此指张裔。参军：丞相府主管军务的佐官，此指蒋琬，诸葛亮死后继为尚书令，统领国事。

⑫贞亮：坚贞诚实。亮，忠诚坦白。

【译文】

郭攸之、费祎、董允等，这些侍中、侍郎，都是善良诚实的人，心志都是忠贞纯正的，所以先帝选拔出来留给陛下任用。臣下认为宫廷中事，无论大小，都应先征询他们的意见，然后再执行，如此必定能够补救疏漏，扩大效益。向宠将军品性善良公正，通晓军事，曾被任用过，先帝称赞他是个能人，所以经过群臣公议，推举他做中部督。臣下认为禁卫部队的事务，无论大小，全都征询他的意见，一定能使军队协调齐心，处置合宜，各得其所。亲近贤臣，疏远小人，这是汉朝前期兴隆的原因；亲近小人，疏远贤臣，这是汉朝后期衰败的原因。先帝在世的时候，每逢跟我谈论这段历史，没有一次不对桓、灵二帝的做法感到痛心遗憾的。侍中、尚书、长史、参军，这些人都是忠贞诚实、能够以死报国的忠臣，希望陛下亲近他们，信任他们，那么汉室的兴隆就指日可待了。

【原文】

臣本布衣，躬耕于南阳①，苟全性命于乱世，不求闻达②于诸侯。先帝不以臣卑鄙③，猥自枉屈④，三顾臣于草庐之中，谘臣以当世之事，由是感激，遂许先帝以驱驰⑤。后值倾覆⑥，受任于败军之际，奉命于危难之间，尔来二十有一年矣。先帝知臣谨慎，故临崩寄臣以大事也⑦。受命以来，夙（sù）夜忧叹，恐托付不效，以伤⑧先帝之明，故五月渡泸⑨，深入不毛。今南方已定，兵甲已足，当奖帅三军，北定中原，庶竭驽钝⑩，攘除奸凶⑪，兴复汉室，还于旧都⑫。此臣之所以报先帝，而忠陛下之职分也。至于斟酌损益，进尽忠言，则攸之、祎、允之任也。愿陛下托臣以讨贼兴复之效，不效，则治臣之罪，以告先帝之灵。若无兴德之言，则责攸之、祎、允之咎⑬，以彰其慢。陛下亦宜自谋，以谘诹（zōu）善道，察纳雅言，深追先帝遗诏，臣不胜受恩感激。今当远离，临表涕泣，不知所云。

【注释】

①南阳：汉郡名，治所在宛（今河南南阳）。

②闻达：有名声。

③卑鄙：地位低下，少见识。

④猥（wěi）：谦辞，犹言辱。枉屈：屈尊就卑。

⑤驱驰：喻为人效劳。

⑥值：遇上。倾覆：指建安十三年（公元208年），曹操南侵荆州时，刘备在当阳长坂被击破一事。

⑦"故临崩"句：指刘备东伐孙吴，在秭归被吴将陆逊击败，退居白帝。章武三年（公元223年）四月，刘备病死永安宫（故址在今重庆奉节东），

临终托孤于诸葛亮，要他辅助后主刘禅，讨魏兴汉。寄，托付。

⑧伤：有损。

⑨五月渡泸：建兴三年（公元225年）南中诸郡反叛，诸葛亮率军出征，渡过泸水，平定南中叛乱。泸，泸水，即金沙江。

⑩驽（nú）钝：这里以劣马（驽）和不锋利的刀（钝）来比喻才能的平庸。

⑪奸凶：指曹魏。

⑫旧都：指汉朝曾建都的长安和洛阳。

⑬咎：失职。

【译文】

臣下本来是个平民百姓，在南阳耕田为生，只求在乱世中能保全性命，不想向诸侯谋求高官厚禄和显赫的名声。先帝不因臣下低贱和少见识，不惜降低身份而三顾茅庐，向臣下询问天下大事，因此臣下深为感动，就答应为先帝效力。后来战事失败，臣下在兵败危难之际，接受了挽救危局的重任，到现在已有二十一年了。先帝知道臣下处事谨慎，所以在临终前把辅助陛下兴复汉室的大事交付给臣下。臣下接受先帝遗命以来，日日夜夜担心叹息，唯恐不能完成先帝所托，从而有损先帝明于鉴察的声名，所以臣下在炎热的五月率军渡过泸水，深入不毛之地。现在南方已平定，兵员装备已充足，该带领三军，北进收复中原。但愿臣下可以竭尽绵力，扫除凶残的奸贼，光复汉室，返回原来的国都。这就是臣下用来报答先帝，效忠于陛下的职责。至于权衡得失、掌握分寸，向陛下进忠言，那是郭攸之、费祎、董允他们的责任了。希望陛下把讨伐曹魏，兴复汉室的大事交付给臣下，如果无所成就，就治臣下的罪，来禀告先帝在天之灵。如果没有劝勉陛下发扬圣德的忠言，那就要追究郭攸之、费祎、董允等人的怠惰之罪，公布他们的过失。陛下也应该思虑谋划，探求治国的好方法，明察并接受忠正的言论，牢记先帝的遗愿，臣下这就感恩不尽了。而今臣下将要告别陛下远征了，面对这份奏表禁不住热泪纵横，也不知说了些什么。

名师点评

　　本文前部分晓理。作者向后主刘禅进谏，提了三条建议：广开言路，赏罚分明，亲贤远佞。这三条建议作者并不是平平道来，而是从国家存亡的角度来谈的，更能触动人心。后部分说情。表明此行夺胜的决心，作者写到了先帝对他的知遇之恩，既是自勉自励，也是表达对后主的一片赤诚之心。本文的语言率直质朴，并不借助于华丽的辞藻，也没有引用晦涩的典故，言语中既不失臣子的身份，又展现出长辈的关爱，充分表现出诸葛亮恳切忠贞的感情。全文在议论中融入了叙事与抒情，析理透辟，情感充溢，感人至深。

延伸/阅读

出师未捷身先死

　　诸葛亮（公元181年—公元234年），字孔明，琅琊阳都（今山东沂南）人。东汉末年，他避乱隐居在南阳隆中（今湖北襄阳西），"躬耕陇亩"，自比管仲、乐毅。

　　汉献帝建安十二年（公元207年），刘备屯兵新野（今河南新野），慕名前去邀他出来辅佐自己，第三次拜访才得相见。初次见面他就向刘备提出要取得荆、益二州为基业，东连孙权，北抗曹操的方针，这就是著名的"隆中对"。从此，他就辅助刘备，从事光复汉室的大业。

　　章武三年（公元223年），刘备在猇亭战败，病死白帝城，临终时把后事嘱托给诸葛亮。后主刘禅即位后，蜀国军政大事，一律由诸葛亮裁决。诸葛亮于是与孙吴重修旧好，结为盟国；亲征孟获，平定南中；整顿内政，充实军资，做好北伐中原的准备。

　　建兴五年（公元227年），诸葛亮认为己有能力北伐中原，实现刘备匡复汉室的遗愿。于是决意率军北进，准备征伐曹魏。临行上书后主刘禅，强调自己为报答先帝的知遇之恩和临终托付，以"讨贼兴复"作为自己的职责，并规劝后主采纳忠言，和辑臣吏，励志自振，使他能专心一志于北伐大业。

　　之后，诸葛亮动身北上，屯驻汉中，连年北征，"攘除奸凶，兴复汉室"。直至公元234年，病死五丈原军中，兴复之业始终未能成功。

学海/拾贝

☆ 宫中府中，俱为一体，陟罚臧否，不宜异同。

☆ 亲贤臣，远小人，此先汉所以兴隆也；亲小人，远贤臣，此后汉所以倾颓也。

☆ 苟全性命于乱世，不求闻达于诸侯。

☆ 受任于败军之际，奉命于危难之间。

兰亭集序

扫码看视频

名师导读

晋穆帝永和九年（公元 353 年）三月三日，王羲之与谢安、孙绰、支遁等四十一人，在会稽山阴（今浙江绍兴）兰亭集会，举行修禊，祓除不祥。众人赋诗咏怀，结为《兰亭集》，王羲之为此集作序。序文记叙了兰亭的清幽和集会的盛况，由自然而体会宇宙与人生，体现了对生命的深沉眷恋和哲学性思考。散文叙事、写景、抒情、议论相结合，井然有序，流畅自如，情韵深长，是六朝抒情散文名作。

【原文】

永和九年①，岁在癸丑②。暮春之初，会于会稽山阴之兰亭③，修禊④事也。群贤⑤毕至，少长⑥咸集。此地有崇山峻岭，茂林修竹，又有清流激湍⑦，映带左右，引以为流觞曲水⑧，列坐其次⑨，虽无丝竹管弦⑩之盛，一觞一咏，亦足以畅叙幽情。是日也，天朗气清，惠风⑪和畅。仰观宇宙之大，俯察品类⑫之盛，所以游目骋怀，足以极视听之娱，信可乐也。

【注释】

①永和九年：公元 353 年。永和，东晋穆帝司马聃的年号（公元 345 年—公元 356 年）。

②癸（guǐ）丑：古代以天干地支配合纪年。永和九年正当干支癸丑年。

③会稽：东晋郡名，辖地为今浙江北部及江苏东南部。山阴：今浙江绍兴。兰亭：在今绍兴西南兰渚山上。

④修禊（xì）：从事禊祭之事。古人称三月初三临水洗濯、祓除不祥的祭祀活动为禊祭。

⑤群贤：指名流孙绰、谢安、支遁等人。

⑥少长：指年长的人和年轻的人。如王羲之的儿子王凝之、王徽之是"少"，谢安、王羲之等是"长"。

⑦激湍：激急而萦回的水流。

⑧流觞（shāng）曲水：修禊事时，人们在环曲的水流旁宴集，在水的上游放置注满酒的酒杯，任其顺流而下，酒杯停在谁的面前，谁就赋诗或饮酒。觞，古代盛酒的器具，即酒杯。

⑨次：近旁。

⑩丝竹管弦：代指各种乐器。

⑪惠风：和风。

⑫品类：万物。

【译文】

永和九年，时在癸丑之年。三月上旬，我们会集在会稽郡山阴县的兰亭，举行修禊活动。很多贤才都来了，年老的、年少的都聚在一起。这里有高峻的山岭、茂盛的树木和高挺的翠竹，又有萦回而激急的清流，映衬环绕在左右，可以用来做漂流酒杯的曲折水道。大家排列坐在水道旁，虽然没有管弦奏乐的热闹场面，但一边饮酒一边赋诗，也足以抒发内心深处的感情了。这一天，天气晴朗，空气清新，和风舒畅。仰观宇宙的无限广大，俯视万物的兴盛繁茂，借以放眼纵观，舒展胸怀，完全可以尽情地获得耳目的愉悦，实在是很畅快。

【原文】

夫人之相与①，俯仰②一世，或取诸怀抱③，晤（wù）言一室之内；或因寄所托，放浪形骸之外④。虽取舍万殊，静躁不同，当其欣于所遇，暂得于己，快然自足，不知老之将至。及其所之既倦，情随事迁，感慨系之矣⑤！向之所欣，俯仰之间，已为陈迹，犹不能不以之兴怀，况修短随化⑥，终期于尽！古人云："死生亦大矣⑦。"岂不痛哉！

【注释】

①相与：相处，相交往。

②俯仰：低头和抬头之间，表示时间短暂。

③取诸怀抱：谓于自己的内心悟得真理。

④放浪形骸之外：自由放纵于广阔天地。形骸，身体。

⑤感慨系之矣：谓感慨之情便会紧接而来。

⑥修短：指人生寿命长短。随化：由天地决定。化，造化，自然。

⑦死生亦大矣：语见《庄子·德充符》："仲尼曰：'死生亦大矣，而不得与之变。'"

【译文】

人处于世，时间短促。有人静居一室，与友人倾吐衷肠；有人寄情外物，纵情自然山水之间。尽管取舍千差万别，沉静或躁动各不相同，当他们为自己的遭遇而高兴，暂时有所收获，愉快地自我满足时，竟不知道衰老就要到来。等到他们对已获得的东西厌倦以后，心情随着事物的变化而变化，感慨便随之产生！过去的欢乐，在很短的时间里，已经成为旧迹，对此尚且不能不深有感触，何况寿命的长短，遵循自然的规律，最终都不免有穷尽之期！古人说："死亡也是人生大事啊。"怎么能不让人悲痛呢！

【原文】

　　每览昔人兴感之由，若合一契①，未尝不临文嗟悼，不能喻之于怀。固知一死生②为虚诞，齐彭殇③为妄作，后之视今，亦犹今之视昔，悲夫！故列叙时人，录其所述，虽世殊事异，所以兴怀，其致一也④。后之览者，亦将有感于斯文。

【注释】

　　①若合一契（qì）：像符契那样相合，指对人的哀乐、寿夭和生死感慨的共鸣。
　　②一死生：用相同的态度看待死与生。
　　③齐彭殇：用同样的态度看待彭祖的长寿与殇子的短命。彭，指古代仙人彭祖，相传他活到了八百多岁。殇，指未成年而死的人。
　　④其致一也：指众人的情感归趋是一致的。

【译文】

　　每当看到前人所发感慨的原因，和我的想法像符契那样相合，总难免要在读前人文章时叹息哀伤，心情无法言喻。我本知把生和死等同看待的说法是荒诞的，把长寿的彭祖和短命的殇子等同看待的见解是荒谬的，后人看现在，也就像今人看往昔，多么可悲啊！所以，我把这次与会者一一记录下来，抄录他们的诗作。虽然时代变化，情境变化，但是人们抒发情怀的原因，大致是相同的。后世的读者，也将对这次集会的诗文有所感慨。

名师点评

　　文章前半部分是叙事、写景，开头便对集会的时间、地点及与会人物进行了记述，要言不烦。随后便开始对兰亭的自然环境与周围景物进行描写，语言非常简洁，具有层次感。文章后半部分主要是抒情、议论。美丽的景色引发了作者思考，进而抒发了乐与忧，生与死的感慨。作者的情绪由闲适变为激荡，最后又回归平静。

延伸/阅读

"书圣"王羲之

王羲之为士族出身，历任秘书郎、江州刺史、会稽太守，累迁右军将军，为此世称"王右军"。他自幼热爱书法，楷书、行书、草书无一不精。为人坦直，不拘礼节，曾师从许多书法家，吸取了魏晋书法的长处，创造出了独有的风格。

王羲之的书法风格自然平和，笔势含蓄委婉，遒美健秀，用笔细腻，结构多变。世人常常用曹植的《洛神赋》对他的书法美态进行赞美，称其："翩若惊鸿，婉若游龙，荣曜秋菊，华茂春松。仿佛兮若轻云之蔽月，飘飖兮若流风之回雪。"

王羲之的书法对一代又一代的书法家形成影响。例如：唐代的欧阳询、虞世南、褚遂良、薛稷、颜真卿、柳公权，五代的杨凝式，宋代的苏轼、黄庭坚、米芾、蔡襄，元代的赵孟頫，明代的董其昌，等等。历代众多书法名家都曾对王羲之表现出心悦诚服，王羲之因此享有"书圣"的美誉。

学海/拾贝

☆ 仰观宇宙之大，俯察品类之盛，所以游目骋怀，足以极视听之娱，信可乐也。

☆ 或取诸怀抱，晤言一室之内；或因寄所托，放浪形骸之外。

☆ 固知一死生为虚诞，齐彭殇为妄作。

桃花源记

扫码看视频

名师导读

一般认为本文是陶渊明晚年之作，约作于刘宋永初二年（公元421年），即宋武帝刘裕弑君篡位的第二年。此时正是东晋和刘宋政权更替之际，政治黑暗，社会动乱。作者无法改变现实又不愿同流合污，于是躬耕隐居，过着清贫朴素的田园生活。这样的经历使他对田园生活有真切的感受，对战乱、剥削给百姓造成的痛苦有强烈的批判欲望。《桃花源记》就是在此基础上产生的作品。文中描绘了一个环境幽美、远离战乱、淳朴自然的世界，与当时的社会构成鲜明对比，表达出憎恶黑暗残酷的现实、向往美好生活的思想情感。世外桃源，也成为中国文学与文化中理想乐土的代名词。

【原文】

晋太元①中，武陵②人捕鱼为业。缘溪行，忘路之远近。忽逢桃花林，夹岸数百步，中无杂树，芳草鲜美，落英③缤纷。渔人甚异之，复前行，欲穷其林。

林尽水源，便得一山。山有小口，仿佛若有光。便舍船，从口入。初极狭，才通人，复行数十步，豁然开朗。土地平旷，屋舍俨然④，有良田、美池、桑竹之属，阡陌⑤交通，鸡犬相闻。其中往来种作，男女衣着，悉如外人。黄发垂髫⑥，并怡然自乐。见渔人，乃大惊，问所从来，具答之。便要⑦还家，设酒杀鸡作食。村中闻有此人，咸来问讯。自云先世避秦时乱，率妻子邑人来此绝境⑧，不复出焉，遂与外人间隔。问今是何世，乃不知有汉，无论魏、晋。此人一一为具言所闻，皆叹惋⑨。余人各复延⑩至其家，皆出酒食。停数日，辞去。此中人语云："不足⑪为外人道也。"

【注释】

① 太元：东晋孝武帝司马曜的年号（公元 376 年—公元 396 年）。

② 武陵：郡名，东晋时治所在临沅（今湖南常德）。

③ 落英：落花。

④ 俨然：整齐貌。

⑤ 阡陌：田间小路，其中南北叫"阡"，东西叫"陌"。

⑥ 黄发：指老人。老人体衰，头发由黑变白，又由白变黄，故称。垂髫
（tiáo）：指儿童。髫是古代小孩的发式。

⑦ 要（yāo）：邀请。

⑧ 邑人：同乡之人。绝境：与世隔绝之处。

⑨ 叹惋：嗟叹惋惜。

⑩ 延：邀请。

⑪ 不足：不必，不值得。

【译文】

晋朝太元年间，武陵有个人以捕鱼为业。他沿着山间小溪前行，一时忘了路的远近。忽然遇到一片桃花林，夹岸而生，数百步之内没有一棵别的树，林下长着鲜美的芳草，上面铺满了美丽的落花。渔人见了很惊奇，

又往前行，想穿过这片桃花林。

桃花林尽头是溪水的源头，那里有座小山。山间有个小口，看上去好像有光亮。于是渔人就离开船，从洞口进去。起初洞很狭窄，仅仅能通过一个人；他又向前走了数十步，里面豁然开朗。土地平坦宽阔，房屋村舍排列整齐，有肥沃的良田、美丽的池子和桑竹之类的植物，田间小道纵横相通，鸡鸣狗叫彼此相闻。其中人们来来往往，耕种劳作，男女的服装完全像外界的人。年老的和年幼的人都很自在逍遥。他们看见渔人，都十分惊讶，纷纷询问他从哪里来，渔人都一一作答。他们便邀请渔人回到家里，置酒杀鸡来款待。村中听说有这样一个人，都来向他打听消息。他们说自从先辈躲避秦时的战乱，带着妻儿和乡亲共同来到这个与世隔绝的地方，不再出去，于是便和外界隔绝了。他们问现在是什么朝代，竟然不知道有汉朝，更不要说魏、晋了。这个渔人便为他们详尽地介绍了自己的所见所闻，他们听了都感到惊讶惋惜。其余的人又各自邀请渔人到家里，都拿出酒饭招待他。渔人在那里停留了几天，告辞而去。这里的人嘱咐他说："这里的情况不必对外人说啊。"

【原文】

既出，得其船，便扶向路，处处志之。及郡下，诣太守说如此①。太守即遣人随其往，寻向所志，遂迷不复得路。

【注释】

①诣：拜见。太守：一郡的最高行政长官。

【译文】

渔人出了洞，找到了他的船，便沿着来路返回，并在所经过的地方处处做了标记。待到了郡所，他就拜见太守，并对太守说了这一经历。太守立即派人跟他一起前去，寻找以前所留下来的记号，可是却迷失了方向，没有找到那条路。

【原文】

南阳刘子骥①，高尚士②也。闻之，欣然规往。未果，寻③病终。后遂无问津者④。

【注释】

①刘子骥：刘驎之，字子骥，《晋书》列入《隐逸传》。

②高尚士：指不入俗流的读书人。

③寻：不久。

④问津者：问路人。津，渡口。此指道路。

【译文】

南阳刘子骥，是个脱俗的读书人。他听了这件事，就高兴地计划前往。但还没有实现，不久便患病死了。此后就没有人再去探寻桃花源了。

名师点评

《桃花源记》总体构思具有浪漫主义色彩，这是因为故事是虚构而成的，桃源境界也是由想象得来的。但文章在细节描绘上又极具现实主义色彩，如文中记述的夹岸数百步的桃花林，以及桃花源内美景良田等，都可在现实生活中找到，因而给人以亲切逼真之感。文章还记述了当时的真实人物南阳刘子骥的一段逸事，让真实感更强。总体来看，世外桃源的生活理想是植根于现实的沃土之中的，陶渊明借以寄托没有剥削与压迫、人人安居乐业的社会理想，同时也反映出广大人民想要摆脱残酷剥削和贫困境遇的意愿。

延伸/阅读

不为五斗米折腰

陶渊明，字元亮，又名潜，私谥靖节，世称靖节先生。东晋末至南朝宋初期伟大的诗人、辞赋家。早年，陶渊明为了养家糊口，也曾步入仕途，担任过不少官职，最后一次出仕为担任彭泽令，随后便弃职而去，归隐田园。陶渊明担任彭泽令期间的一年冬天，郡太守派出一名督邮来督察彭泽县。督邮虽然不是一个品阶很高的职位，但权势却不小，他们在太守面前说的话对一个县令来说至关重要。此次前来的督邮是一个傲慢无礼、粗鄙不堪的人，刚到彭泽县，他便差县吏叫县令来见他。陶渊明是个刚正不阿的人，从不愿意趋炎附势，对这类狐假虎威、拿着鸡毛当令箭的人更是不屑，但碍于身在其职，不得不前去参见。动身之前，县吏却将陶渊明拦住说："大人，参见督邮应当身穿官服，束上大带，否则不合体统。如果督邮以此大做文章，对大人是没好处的！"

听完这句话，陶渊明再也无法忍受了。他长叹一声，说道："我怎么能够为了五斗米而折腰于乡里小人！"说完，他毅然取出官印并将之封存好，随后立即拟就一封辞官信，离开了彭泽县。因此，陶渊明的彭泽令只当了八十多天而已。

学海/拾贝

☆ 忽逢桃花林，夹岸数百步，中无杂树，芳草鲜美，落英缤纷。

☆ 土地平旷，屋舍俨然，有良田、美池、桑竹之属，阡陌交通，鸡犬相闻。

☆ 太守即遣人随其往，寻向所志，遂迷不复得路。

滕王阁序

扫码看视频

名师导读

　　本文全称《秋日登洪府滕王阁饯别序》，一名《滕王阁诗序》。一说王勃省亲途中路过洪州（今江西南昌），恰逢都督阎伯屿重修滕王阁完成，大会宾客，王勃赴会并撰写此序。文章从地域、物产、人文起笔，描绘滕王阁之壮观，景物之美，宴会之盛，转而抒发身世之感、羁旅之思。文章融叙事、写景、抒情为一体，在骈文的形式上加以散文化，章法严密而富于变化，使事用典贴切自然，声调铿锵、节奏鲜明，是文学史上重要的骈文名篇。

【原文】

　　南昌故郡，洪都新府①。星分翼、轸②，地接衡、庐③。襟三江而带五湖④，控蛮荆而引瓯越⑤。物华天宝，龙光射牛斗之墟⑥；人杰地灵，徐孺下陈蕃之榻⑦。雄州雾列⑧，俊彩星驰⑨。台隍枕夷夏之交⑩，宾主尽⑪东南之美。都督阎公之雅望⑫，棨戟⑬遥临；宇文新州之懿范⑭，襜帷暂驻⑮。十旬休暇⑯，胜友如云，千里逢迎，高朋满座。腾蛟起凤，孟学士之词宗⑰；紫电清霜，王将军之武库⑱。家君作宰⑲，路出名区⑳，童子㉑何知，躬㉒逢胜饯。

【注释】

①"南昌"二句：点出滕王阁所在之地——洪州。南昌旧为豫章郡治所，故称故郡；唐代改豫章郡为洪州，设都督府，故称新府。

②分：分属。翼、轸（zhěn）：二十八宿中的二星。古人以天上二十八宿与地上州的位置相对应，叫某星在某地的分野。翼、轸为楚地的分野，洪州位于旧楚地，故有此称。

③衡、庐：衡山和庐山。

④三江：泛指长江中下游。古时长江流过彭蠡湖（今鄱阳湖），分成三道入海，故称三江。五湖：历来说法不一。一说指太湖、鄱阳湖、青草湖、丹阳湖、洞庭湖。

⑤控：控制，镇守。瓯（ōu）越：亦称东瓯。今浙南一带。东晋时于此置永嘉郡，隋废，唐时曾复置。

⑥"物华"二句：称赞洪州有珍贵之物。相传晋代张华看到斗、牛二星宿之间常有紫气，他派雷焕到半城（属洪州）掘得双剑，一名龙泉，一名太阿，紫气即不再出现。后来双剑入水化为双龙。龙光，指剑气。墟，地域。

⑦"人杰"二句：称赞洪州有杰出之人。徐孺，即徐稚（zhì），字孺子，豫章南昌人，东汉高士。陈蕃，字仲举，为豫章太守，素来不接待宾客，但特为徐稚设一榻（床），徐稚来则放下，去则悬起。这里称徐孺子为"徐孺"，是骈体文讲究上下句字数对称所致，下文称杨得意为"杨意"，称锺子期为"锺期"，均为此。

⑧雄州：指洪州。雄，伟盛。雾列：如雾之弥漫充塞。

⑨俊彩：俊才。星驰：如星般流动飞驰。

⑩台隍：城台和城壕，指洪州城池。夷夏之交：古代将东南地区称为蛮

夷之地，中原地区称为华夏，洪州正处于两地之间，所以用这句话来形容洪州地理位置的重要。

⑪尽：都是。

⑫雅望：崇高的名望。

⑬棨（qǐ）戟（jǐ）：套有缯衣的戟，用作官吏出行时的仪仗。此处借指阎都督。

⑭宇文新州：一个姓宇文的新州刺史，名字及事迹未详。新州，在今广东新兴。懿（yì）范：美好的风范。

⑮襜（chān）帷：车子的帷幔。此处借指宇文的车马。暂驻：暂时停留，指参加宴会。

⑯十旬休暇：唐制，官员十天休息一天，称旬休。此处指适逢十日休息一天。

⑰"腾蛟"二句：此赞扬孟学士文采飞扬。《西京杂记》："董仲舒梦蛟龙入怀，乃作《春秋繁露》词。"为此称有高才、能著述者为"腾蛟起凤"。孟学士，名未详。词宗，文章高手。

⑱"紫电"二句：此赞扬王将军的武略。紫电，宝剑名。清霜，形容宝剑锋利。王将军，名未详。武库，兵器库，此处借指富于谋略。

⑲家君：对人称自己的父亲。作宰：指王勃的父亲当时正在交趾任地方长官。

⑳名区：有名之地，指洪州。

㉑童子：王勃自称，自居幼小以示谦逊，并非实指。

㉒躬：亲身。

【译文】

这里是汉代的豫章郡城，如今的洪州都督府所在，天上的方位属于翼、轸两星宿的分野，地上的位置联结着衡山和庐山。以三江为衣襟，以五湖为衣带，控制着楚地，接引着闽越。物有光华，天产珍宝，宝剑的光芒直冲上牛、斗二星之间；人中有英杰，大地有灵气，才德能下陈蕃专为徐孺子所设几榻。雄伟的洪州城，房屋像云雾层叠；俊秀的人才，像繁星密布。城池坐落在夷夏交界的要害之地，主人与宾客都是东南地区的俊才。都督阎公，享有崇高的名望，从远道来洪州坐镇；宇文州牧，是美德的楷模，赴任途中在此暂留。正逢十日休假的日子，高朋满座，胜友云集。文采飞扬，有如腾龙翔凤，是孟学士的文章；英气逼人，有如紫电清霜，是王将军的韬略。由于父亲在交趾做县令，我在探亲途中经过这个著名的地方。我年幼无知，却有幸参加这次盛大的宴会。

【原文】

时维九月，序属三秋①。潦水②尽而寒潭清，烟光凝而暮山紫。俨骖𬴂③于上路，访风景于崇阿④，临帝子之长洲⑤，得仙人之旧馆⑥。层峦耸翠，上出重霄，飞阁流丹⑦，下临无地⑧。鹤汀（tīng）凫（fú）渚，穷岛屿之萦回⑨，桂殿兰宫，列冈峦之体势⑩。

【注释】

①三秋：此处指秋季的第三个月。

②潦（lǎo）水：雨后地面的积水。

③骖（cān）𬴂（fēi）：泛指车马。骖，车辕两旁的马。𬴂，骖旁的马。

④崇阿（ē）：山陵。崇，高。

⑤帝子：皇帝之子，此指滕王。长洲：阁前之沙洲。

⑥仙人：此指滕王。旧馆：犹故居，此指滕王阁。

⑦飞阁：架空建筑的阁道。流丹：流动着红色，形容色彩飞动。因阁用红色油漆所涂饰。

⑧下临无地：因为滕王阁建在江边上，所以登阁下望江面，不见陆地。

此乃形容阁的高峻。

⑨萦（yíng）回：迂回曲折。

⑩列冈峦之体势：（建筑群）排列出山峦起伏连绵之状。

【译文】

时令正是九月，节序恰属深秋。积水消尽，潭水清澈，天空凝结着淡淡的云烟，暮霭中山峦呈现出一片紫色。在高高的山路上驾着马车，在崇山峻岭中访求风景。来到帝子喜爱的沙洲，登上仙人建造的馆阁。重叠的山峦，苍翠一片，向上直插云霄，凌空架起的阁道，耀动着彩绘的红光，向下看不清地面。鹤立水汀，凫栖小洲，极尽岛屿曲折回环之致；桂树建造的楼殿，兰木为材的宫阁，随山势高低起伏。

【原文】

披绣闼①，俯雕甍②，山原旷其盈视，川泽盱其骇瞩③。闾阎扑地④，钟鸣鼎食之家⑤；舸舰⑥迷津，青雀黄龙之舳⑦。虹销雨霁，彩彻云衢⑧。落霞与孤鹜齐飞，秋水共长天一色。渔舟唱晚，响穷彭蠡⑨之滨；雁阵惊寒，声断衡阳之浦。遥吟俯畅，逸兴遄飞⑩。爽籁发而清风生，纤歌凝而白云遏。睢园⑪绿竹，气凌彭泽之樽⑫，邺水朱华⑬，光照临川⑭之笔。四美具⑮，二难⑯并。穷睇眄于中天⑰，极⑱娱游于暇日。天高地迥⑲，觉宇宙之无穷，兴尽悲来，识盈虚之有数⑳。望长安于日下，指吴会于云间㉑。地势极而南溟深，天柱高而北辰远㉒。关山难越，谁悲失路㉓之人？萍水㉔相逢，尽是他乡之客。怀帝阍㉕而不见，奉宣室㉖以何年？

【注释】

①披：推开。闼（tà）：阁门。

②甍（méng）：屋脊。

③盱（xū）：张目望。骇瞩：对看到的景物感到吃惊。

④闾（lú）阎（yán）：里巷的门。扑地：遍地。

⑤钟鸣鼎食之家：古时贵族吃饭时要奏乐列鼎，鼎中盛食物。为此，钟鸣鼎食之家常用来指富贵人家。

⑥舸（gě）舰：巨舰。

⑦青雀黄龙：指船身上的鸟、龙图案。舳（zhú）：船端，此指船只。

⑧云衢（qú）：指天空。云朵交错纵横，有如衢道。

⑨彭蠡（lǐ）：鄱阳湖的古名。

⑩遄（chuán）飞：勃发，疾速飞扬。遄，迅速。

⑪睢（suī）园：汉梁孝王刘武在睢水旁修筑的竹园，他常和一些文人在此聚会。

⑫彭泽：指东晋末年著名诗人陶渊明。他好饮酒，做过彭泽令。樽：酒杯。

⑬邺（yè）水朱华：邺（今河北临漳）是曹操兴起的地方。曹操父子常在这里和文人聚会。朱华，即荷花。

⑭临川：指南朝宋著名诗人谢灵运，曾任临川内史，故称。

⑮四美：指良辰、美景、赏心（快乐之情）、乐事（快乐的事）。具：齐备。

⑯二难：指贤主、嘉宾难得。

⑰睇（dì）眄（miǎn）：斜视，指目光向上下左右观览。中天：半空中。

⑱极：尽。

⑲迥：远。

⑳盈虚：指盛衰、成败。数：定数。

㉑ "望长安"二句：谓西望长安，东指吴会，辽远开阔。长安，唐代京都，今陕西西安。日下，指京师。吴会，吴郡和会稽郡，今江浙一带。云间，旧日亭县（今上海松江）的别称。上述指东南地区名胜之地。

㉒ "地势极"二句：谓南通南海，北仰北极，高远广大。南溟，指南方的大海。天柱，古代神话中说昆仑山上有铜柱，高耸入天，即称天柱。北辰，北极星。

㉓ 失路：比喻不得志。

㉔ 萍水：比喻偶然相遇。

㉕ 帝阍（hūn）：原指天帝的守门者，此处指皇帝的宫门。

㉖ 宣室：汉代未央宫中的宣室殿。贾谊曾在此被汉文帝召见，汉文帝向他询问鬼神之事。

【译文】

打开雕花精美的阁门，俯视雕镂彩饰的屋脊，山峰平原尽收眼底，湖川曲折令人惊叹。里巷房舍遍地，不乏钟鸣鼎食之家；各种船只塞满了渡口，多是雕着青雀黄龙的大船。彩虹消失，雨过天晴，阳光普照，天空明朗。落霞与孤雁一起飞翔，秋水和长天连成一片。傍晚渔舟中传出的歌声，响彻鄱阳湖畔；雁群感到寒意而

发出的惊叫，渐渐消失在衡阳的水滨。遥望长吟，胸襟刚感到舒畅，超逸的兴致立即兴起，排箫的音响引来徐徐清风，柔缓的歌声吸引住飘动的白云。今日盛会，好比梁孝王睢园绿竹之会，酒量豪情超过了陶渊明；如邺下文人在邺水荷花池边的唱和，文笔生辉犹如临川内使谢灵运。良辰、美景、赏心、乐事，四美俱备，贤明的主人、美好的嘉宾，两种难得的人欢聚一堂。

极目眺望长空，在假日里尽情娱乐嬉游。天高地远，感到宇宙间的无穷无尽；兴尽悲来，知道事物的盛衰成败均有定数。西望长安，如在日下而遥远；东指吴郡，若在云间而缥缈。地势尽于南方，而南海深广无垠；天柱耸于北方，而北极遥不可及。关山难以逾越，谁能同情失意的人？聚散无常，萍水相逢，都是漂泊他乡之客。一心思念朝廷而不能觐见，什么时候才能像贾谊那样奉诏于宣室呢？

【原文】

嗚呼！时运不齐①，命途多舛②。冯唐易老③，李广难封④。屈贾谊于长沙，非无圣主⑤；窜梁鸿于海曲，岂乏明时⑥？所赖君子安贫，达人⑦知命。老当益壮，宁⑧知白首之心？穷且益坚，不坠青云之志。酌贪泉而觉爽⑨，处涸辙⑩以犹欢。北海虽赊，扶摇⑪可接；东隅已逝，桑榆非晚⑫。孟尝高洁，空怀报国之心⑬；阮籍猖狂，岂效穷途之哭⑭？

【注释】

①时运不齐：命运不好。

②舛（chuǎn）：错乱，此处指不幸、不顺利。

③冯唐易老：西汉人冯唐，文帝时年老官低，武帝访求人才时，有人推荐冯唐，他已九十余岁了。用以感慨生不逢时或表示年寿老迈。

④李广难封：西汉名将李广抗击匈奴几十年，身经百战，功劳很大，却终生不得封侯。用以慨叹功高不爵，命运乖舛。

⑤"屈贾谊"二句：汉文帝本想重用有高才的贾谊，但因听信谗言疏远了他，让他离开朝廷，去做长沙王太傅。

⑥"窜梁鸿"二句：东汉人梁鸿曾作《五噫歌》讽刺朝政，被汉章帝下令搜捕，不得以改名换姓，和妻子先后逃亡到齐、鲁、吴等地。窜，使……逃。海曲，海隅。齐鲁之地三面环海，所以称海曲。章帝号称明主，故称明时。

⑦达人：通达、达观的人。

⑧宁（nìng）：难道。

⑨贪泉：古代传说广州有贪泉，人喝了这里的水就会变贪婪。爽：神志清爽。晋时廉吏吴隐之过此，饮贪泉水并赋诗云："古人云此水，一歃怀千金，试使夷齐饮，终当不易心。"此处用这一典故来说明，有德行的人能在污浊的环境中保持清明纯正。

⑩涸辙：干涸的车辙。《庄子·外物》中有鲋鱼于涸辙中求斗升之水以活命的寓言。此处用这一典故来比喻处境困难。

⑪扶摇：旋风。

⑫"东隅"二句：旧时光虽已逝去，珍惜将来岁月为时未晚。东隅，东方日出处，指早晨。桑榆，日落时余光照在桑树、榆树的顶端，因用桑榆喻黄昏，也用来比喻人的晚年。

⑬"孟尝"二句：谓高洁如孟尝，空有报国热情却不被重用。孟尝，字伯周，东汉时一个贤能的官吏，但不被重用。此处借孟尝自比，略含怨意。

⑭"阮籍"二句：谓虽怀才不遇，但也不可效法阮籍放任自流。阮籍，魏晋间人，"竹林七贤"之一，性旷达不羁，不满司马氏专权。为避免政治迫害，他借饮酒来掩护自己，经常驾车出游，当前面遇到障碍不能前进时，就痛哭而回。

【译文】

唉！时运不好，命途不顺。冯唐年寿老迈而不得高官，李广军功显赫而难得封侯。贾谊遭受委屈，被贬于长沙时，并不是没有圣明的君主；梁鸿逃匿到齐鲁海滨，难道不是在政治昌明的时代？只不过君子安于贫贱，通达的人乐天知命罢了。年纪虽然老了，但志气应当更加旺盛，怎能在白头时改变心志？境遇虽然困苦，但节操应当更加坚定，决不能抛弃自己的凌云壮志。即使喝了贪泉的水，心境依然清净廉洁；即使处境困难，胸怀依然开朗豁达。北海虽然十分遥远，乘旋风还是能够到达；早晨虽然已经过去，而珍惜黄昏却为时不晚。孟尝心地高洁，但白白地怀抱着报国的热情；阮籍为人放纵不羁，我们怎能学他遇穷途哭泣而返？

【原文】

勃，三尺微命①，一介②书生。无路请缨③，等终军之弱冠④，有怀投笔，慕宗悫（què）之长风⑤。舍簪笏于百龄，奉晨昏于万里⑥。非谢家之宝树，接孟氏之芳邻⑦。他日趋庭，叨陪鲤对⑧，今晨捧袂⑨，喜托龙门⑩。杨意⑪不逢，抚凌云⑫而自惜，锺期⑬既遇，奏流水以何惭？

【注释】

①三尺微命：绅（古时士大夫束腰的衣带）长三尺，官位卑微。三尺，指衣带下垂的长度。微命，指官爵等级低。周代任官从一命到九命分为九个等级，一命最低微。

②一介：一个，谦辞。

③请缨：请求赐给长缨，意为请求赐予杀敌的命令。缨，捕缚敌人的绳子。

④终军：西汉人。二十岁时出使南越，上书请缨，要求缚南越王而回。弱冠：二十岁。

⑤"有怀"二句：谓羡慕宗悫之壮志，有投笔从戎之心。《后汉书·班超传》记载：班超家贫，为人抄书度日，曾投笔慨叹说，大丈夫当为国立功，岂可终日在笔砚间讨生活。

⑥"舍簪（zān）笏（hù）"二句：谓舍去一生功名利禄，到万里之外去侍奉父亲。簪笏，古代官员所用的冠簪和手版，借指官职。百龄，百年，一生。晨昏，晨昏定省，指早晚对父母的服侍问候。

⑦"非谢家"二句：谓自己并非谢玄一般的良才子弟，却有幸结识这些贤德之人。谢家之宝树，指谢玄。《世说新语·言语》记载：谢安问他的子

佺，为什么人们总希望子弟好。侄子谢玄回答："譬如芝兰玉树，欲使其生于阶庭耳。"旧时因此用"芝兰玉树"喻贵家子弟，也用于指有文才的人。孟氏之芳邻，孟子的母亲为了找个好邻居三次搬家，以便让儿子得到良好的成长环境。

⑧"他日"二句：谓自己将要到父亲处聆听教诲。《论语·季氏》记载：孔子站于庭中，其子孔鲤从庭前过，孔子教训他要学《诗》学《礼》。趋，古时下对上的一种礼节，以碎步疾行表示敬意。鲤对，指孔鲤在父亲孔子面前回答提问，接受教导。

⑨捧（pěng）袂（mèi）：抬起衣袖，表示谒见时的恭谨。

⑩喜托龙门：谓以受到接待为荣幸。龙门，在山西、陕西间的黄河中。传说鲤鱼登龙门则化为龙。

⑪杨意：杨得意，西汉人，任汉武帝狗监，为司马相如的邻人。因为他的推荐，司马相如才做了官。

⑫凌云：本意是超出尘世，这里是指司马相如的《大人赋》，因为汉武帝读到《大人赋》后，感到"飘飘有凌云之气"。也暗指王勃自己的文章。

⑬锺期：锺子期，春秋时楚人。据《列子·汤问》：伯牙善鼓琴，只有锺子期能知音。伯牙鼓琴，志在高山，锺子期说："善哉，峨峨兮若泰山！"后来志在流水，锺子期说："善哉，洋洋兮若江河！"锺子期死后，伯牙摔琴绝弦不复鼓琴。

【译文】

我王勃，官位卑微，乃无足轻重的一介书生。没有门路请缨报国，已经相当于终军的弱冠年龄，有志投笔从戎，羡慕宗悫乘风破浪的壮志。舍弃一生仕宦前程，到万里之外去看望父亲。我虽不像谢玄那样出类拔萃，却幸而接触到孟氏所追求的芳邻嘉宾。过些日子我将到父亲身边聆听教诲，今朝拜见阎公荣幸得如登龙门。假如碰不上杨得意那样引荐的人，就只有抚拍着自己的文章而自我叹惜。既然已经遇到了锺子期，就弹奏一曲《高山流水》又有什么羞愧呢？

【原文】

呜呼！胜地①不常，盛筵难再。兰亭②已矣，梓泽③丘墟。临别赠言，幸承恩于伟饯④；登高作赋，是所望于群公。敢竭鄙诚⑤，恭疏短引⑥。一言均赋，四韵俱成⑦：

滕王高阁临江渚，佩玉鸣鸾罢歌舞。

画栋朝飞南浦云，朱帘暮卷西山雨。

闲云潭影日悠悠，物换星移几度秋。

阁中帝子今何在？槛外长江空自流。

【注释】

①胜地：名胜之地，此指洪州。

②兰亭：在今浙江绍兴，东晋群贤在此宴集，王羲之写了《兰亭集序》。

③梓泽：西晋石崇的金谷园的别称，在今河南洛阳北。

④"临别"二句：谓此次饯别宴会，承蒙阎公之恩得以参加，为此感到荣幸。赠言，送别。

⑤敢竭鄙诚：写出鄙陋的心意。

⑥疏：陈述。短引：小序。

⑦"一言"二句：谓写了四韵八句诗。

【译文】

唉！名胜之地不能常游，今日的盛大筵席也难以再逢。兰亭集会已经过去了，金谷园已经变成荒丘。临别赠言，因为有幸在盛筵上承受了恩惠；登高作诗，这只能寄希望于诸位。请允许我冒昧地倾吐心意，恭敬地写下了这篇短序。一说大家都赋诗，我的四韵八句也就写成：

滕王阁高高地耸立在江边，当初佩玉、鸾铃鸣响的豪华歌舞已经停止了。

早晨，画栋间飞舞着南浦飘来的云彩。傍晚，卷起的朱帘上飞溅着西山的雨。

悠闲的云彩在潭中留下倒影，日日总是清闲安静。景物变换，岁月转移，不知经过了多少春秋。

阁中的皇子如今在哪里？槛外的赣江水空自奔流。

点师名评

　　这篇文章开头一段相当于引子，是叙事，交代了滕王阁盛会的具体情况，以及作者是如何参加这次聚会的。接下来是大篇幅的景色描写，作者将滕王阁上下、内外的景色描写得淋漓尽致，将壮阔秀丽的景象呈现在我们眼前。面对良辰美景，情由景生，作者抒发了自己郁闷不平而又勇往直前的情感。作者又把眼前的盛景同古来人物的坎坷潦倒做鲜明对比，增强情感抒发的渲染力。作者运用的多个典故，非常恰当，使文章委婉曲折、情真意切。文章最后仍旧是简单叙事，和开头呼应。滕王阁的宴会虽是这篇文章的中心事件，但通过描写美景而抒发的感情才是文章的重点。此文的一大特点是善用对偶，整篇文章句式工整，而又富于变化，读起来节奏明快，朗朗上口。

延伸/阅读

王勃祸起《斗鸡赋》

王勃（公元650年—公元676年），唐代文学家，字子安，绛州龙门（今山西河津）人。他出生于书香世家，六岁即能作诗，人称"神童"。王勃文辞出众，与杨炯、卢照邻、骆宾王齐名，并称"初唐四杰"。其作品大多为抒情写景之作。

乾封元年（公元666年），王勃应幽素科试及第，授朝散郎，后任沛王府修撰。沛王李贤很看重王勃。一次，沛王李贤与英王李哲斗鸡，王勃为给沛王助兴，写了一篇《檄英王鸡》，对英王的斗鸡进行讨伐。谁知，唐高宗竟然看到了这篇文章，并对此大为不悦，读完怒斥道："真是歪才！王勃身为博士，不仅不劝诫二王斗鸡之事，反而作出此等檄文，有意虚构、夸大事态，这等人怎能留在王府！"在唐高宗看来，这篇文章是在挑拨离间，于是将王勃逐出长安。

于是，王勃凭借才情与苦心经营打通的仕途也毁于一旦。上元三年（公元676年），王勃前往交趾探亲，回途渡海时落水，受惊而死，年仅二十七岁。

学海/拾贝

☆ 落霞与孤鹜齐飞，秋水共长天一色。

☆ 渔舟唱晚，响穷彭蠡之滨，雁阵惊寒，声断衡阳之浦。

☆ 天高地迥，觉宇宙之无穷；兴尽悲来，识盈虚之有数。

☆ 关山难越，谁悲失路之人？萍水相逢，尽是他乡之客。

☆ 老当益壮，宁移白首之心？穷且益坚，不坠青云之志。

☆ 北海虽赊，扶摇可接；东隅已逝，桑榆非晚。

师　说

　　本文阐述师的作用和从师学习的重要性，抨击当时士大夫以从师学习为耻的坏作风。人们想要学习新知识就免不了请教老师。没有人生而就懂道理，有了疑惑不去请教，问题就得不到解决。只要懂的道理比自己多的人都可以成为老师，不必局限于年龄的大小，地位的高低。作者韩愈的诸多见解，时至今日依然有教育意义。

【原文】

　　古之学者①必有师。师者，所以传道、受业、解惑也②。人非生而知之者③，孰能无惑？惑而不从师，其为惑也，终不解矣。生乎吾前，其闻道也，固先乎吾，吾从而师之；生乎吾后，其闻道也，亦先乎吾，吾从而师之。吾师道也，夫庸知④其年之先后生于吾乎？是故无贵无贱，无长无少，道之所存，师之所存也。

【注释】

　　①学者：指求学的人。

②传道：传授道理。韩愈所说的道乃儒家之道。受业：教授学业。受，同"授"。解惑：解释疑难。

③生而知之者：生下来就懂得道理，有知识。韩愈在此处不承认有"生而知之者"。

④庸知：哪管。庸，岂，哪里。

【译文】

古代求学的人一定有老师。老师，是来传授圣人之道、教授学业、解答疑难问题的人。人不是生下来就懂得道理的，谁能没有疑惑？（有了）疑惑，如果不跟从老师（学习），那些成为疑难问题的，也就最终不能理解了。生在我前面的人，他懂得道理本来就早于我，我（应该）跟从（他）把他当作老师；生在我后面的人，（如果）他懂得道理也早于我，我（也应该）跟从（他）把他当作老师。我（是向他）学习道理啊，哪管他的生年比我早还是比我晚呢？因此，无论地位高低贵贱，无论年纪大小，道理存在的地方，就是老师存在的地方。

【原文】

嗟乎！师道之不传也久矣，欲人之无惑也难矣。古之圣人，其出人也远矣，犹且从师而问焉；今之众人，其下圣人也亦远矣，而耻学于师。是故圣益圣①，愚益愚。圣人之所以为圣，愚人之所以为愚，其皆出于此乎？爱其子，择师而教之。于其身也，则耻师焉，惑矣！彼童子之师，授之书而习其句读者也②，非吾所谓传其道、解其惑者也。句读之不知，惑之不解，或师焉，或不焉，小学而大遗，吾未见其明也。巫医、乐师、百工之人③，不耻相师④。士大夫之族，曰师、曰弟子云者，则群聚而笑之。问之，则曰："彼与彼年相若⑤也，道相似也。"

位卑则足羞，官盛则近谀。呜呼！师道之不复，可知矣。巫医、乐师、百工之人，君子不齿，今其智乃反不能及，其可怪也欤！

【注释】

①圣益圣：前一个"圣"指古代圣人，后一个"圣"指聪明，懂道理。下一句中前一个"愚"指今之愚人，后一个"愚"指愚昧而不明事理。

②授之书：教他书本上的知识。习其句读（dòu）：学习书上的文句。文辞语意已尽处为句，未尽而须停顿处为读。古书没有标点，故老师教学时要教断句，句用小圈，读用圆点，也写作"逗"。

③巫医：巫师和医师。古人为了治病，常常同时接受巫术和医术治疗。并且古代的医术中，也有巫术的成分，所以巫医并称。百工：各种工艺匠人。

④相师：相互学习、仿效。相，更相，相互。

⑤相若：相似，相近。

【译文】

唉！（古代）从师（学习）的风尚已经很久不流传了，想要人们没有疑惑真难啊。古代的圣人，他们超出一般人很远，尚且跟从老师而请教问题；现在的一般人，他们（的才智）低于圣人很远，却以向老师学习为耻。因此圣人就更加圣明，愚人就更加愚昧。圣人之所以能成为圣人，愚人之所以能成为愚人，大概都出于此吧？（人们）爱他们的孩子，就选择老师来教他；（但是）对于他自己呢，却以跟从老师

（学习）为耻，真是糊涂啊！那些孩子的老师，是教他们读书，（帮助他们）学习断句的，不是我所说的能传授圣人之道，解答那些疑难问题的人。不通晓句读，疑惑不能得到解决，有的（句读）向老师学习，有的（疑惑）却不向老师学习，小的方面要学习，大的方面反而放弃（不学），我没看出这种人是明智的。巫医、乐师和各种工匠，不以互相学习为耻。士大夫这类人，（听到）称"老师""弟子"的，就成群聚在一起讥笑人家。问他们（为什么讥笑），就说："他和他年龄差不多，道德学问也差不多，（以）地位低（的人为师）实在羞耻，（以）官职高（的人为师）则近乎谄媚了。"唉！（古代那种）跟从老师学习的风尚不能恢复，（从这些话里就）可以明白了。巫医、乐师和各种工匠，是君子们不屑一提的，现在他们的见识竟反而赶不上（这些人），真是令人奇怪啊！

【原文】

圣人无常师①。孔子师郯子、苌弘②、师襄、老聃（dān）。郯子之徒，其贤不及孔子。孔子曰："三人行，则必有我师③。"是故弟子不必不如师，师不必贤于弟子，闻道有先后，术业有专攻④，如是而已。

【注释】

①常师：固定的老师。

②苌（cháng）弘：周敬王时大夫。孔子曾向他请教关于音乐的问题。见《孔子家语·观周》。

③"三人行"二句：语出《论语·述而》："三人行必有我师焉，择其善者而从之，其不善者而改之。"

④术业：技术业务。专攻：专门研究。

【译文】

圣人没有固定的老师。孔子曾向郯子、苌弘、师襄、老聃请教过，但这些人都不如孔子贤明。孔子说："几个人同行，其中一定有可以让我师从学习的人。"因此，弟子不一定不如老师，老师也不一定要比弟子贤明，懂得道理有先有后，技术业务各有专长，不过如此罢了。

【原文】

李氏子蟠，年十七，好古文，六艺经传皆通习之，不拘于时①，学于余。余嘉②其能行古道，作《师说》以贻③之。

【注释】

①拘于时：不为时俗所拘束。

②嘉：赞许。

③贻（yí）：赠。

【译文】

李家有位青年名叫蟠，年十七，喜欢古文，六经的经文和传文都普遍地学习了，不受时俗的拘束，来向我学习。我赞许他能够遵行古人（从师）的正道，写这篇《师说》来赠送他。

韩愈此文的中心论点是"古之学者必有师",全篇都是依此展开的。文章第一段就提出全文的中心论点——"无贵无贱,无长无少,道之所存,师之所存也。"点出师的重要性及有道者为师的道理。后文则对这一论题进行论证,作者用了三个对比来批评当时人们纷纷以从师学习为耻的现象:第一个是古代圣人和现在的普通人的对比,圣人尚且从师,现代人以此为耻只会越来越愚蠢;第二个是将人们明确孩子要从师学习,与自己却以此为耻的现象做对比;第三个是巫医、乐师、百工之人与士大夫之族的对比,凸显出士大夫的观点是错误的。文章在论证过程中,有褒有贬,有破有立,有虚有实,同时紧密联系实际,感情充溢,气势顺畅壮盛,具有极强的说服力,令文章展现出了论辩的逻辑力量。

延伸/阅读

古文运动

古文运动是唐宋时期的文学革新运动,它以复兴儒学为主要内容,以反对骈文为形式,倡导古文。

这里的"古文"仅是针对骈文而言。先秦和汉朝的散文大多质朴自由,格式不受拘束,能够很好地反映现实生活,表达思想感情。南北朝之后,骈文之风盛行,一味注重对偶、声律、典故、辞藻等,以致空有华丽外表,实用性不强。隋文帝还曾下诏禁止"文表华艳",当时有志人士也都上书请求革文华,但颓风依然不见扭转。

唐朝初期,骈文在文坛中依然盛行。唐太宗所作文章也是崇尚浮华。

唐玄宗天宝年间至中唐前期，萧颖士、李华、元结、独孤及、梁肃、柳冕，相继提出应当宗经明道，主张以散体做文，成为古文运动的先驱。

之后，韩愈、柳宗元总结出一套完整的古文理论，并积极力行倡导，创作出相当数量的优秀古文作品，一些学生和追随者对此响应热烈。随着不断革新，古文运动才最终在文坛中形成声势，而散文也由此迎来了一个新的发展阶段。

学海/拾贝

☆ 师者，所以传道、受业、解惑也。

☆ 是故无贵无贱，无长无少，道之所存，师之所存也。

☆ 师道之不传也久矣，欲人之无惑也难矣。

☆ 位卑则足羞，官盛则近谀。

☆ 是故弟子不必不如师，师不必贤于弟子，闻道有先后，术业有专攻，如是而已。

捕蛇者说

扫码看视频

名师导读

　　本文为柳宗元被贬永州后所作。文中以蒋氏一家及其乡邻因捕蛇而招致的灾难为核心，揭露了当时农民的悲惨生活，进而指出了"苛政猛于虎"这一古老话题的现实意义。

【原文】

　　永州①之野产异蛇，黑质而白章。触草木尽死，以啮人，无御之者。然得而腊之以为饵②，可以已大风、挛踠、瘘、疠③，去死肌，杀三虫④。其始，太医以王命聚之，岁赋其二；募有能捕之者，当其租入，永之人争奔走焉。

【注释】

　　①永州：今湖南零陵。

　　②腊（xī）：晒干，制成干肉。饵：指药物。

　　③已：止，治愈。大风：病名，即麻风。挛踠：手足屈曲不能伸展之病。瘘（lòu）：颈部肿大的病。疠：恶疮。

④三虫：人体内的寄生虫。

【译文】

　　永州的野外出产一种奇蛇，黑色的身上长着白色花纹。它接触到草木后，草木都死了；蛇咬人后，人也无法治疗。可是捉到它后把它风干制成药饵，可以医治麻风、关节病、颈肿、毒疮，消除腐肌，杀死人体内的寄生虫。起初，太医奉皇帝的命令去征集这种蛇，每年收两次；其后又招募善于捉蛇的人，用蛇来抵充赋税，永州的百姓就争着去捕蛇了。

【原文】

　　有蒋氏者，专其利三世矣。问之，则曰："吾祖死于是，吾父死于是，今吾嗣①为之十二年，几死者数矣。"言之，貌若甚戚者。余悲之，且曰："若毒之乎②？余将告于莅事者③，更若役，复若赋，则何如？"

【注释】

　　①嗣：继承。

　　②若毒之乎：你怨恨这差事吗？若，你。毒，怨恨。之，指捕蛇当租的差事。

　　③莅事者：负责的人。

【译文】

　　有一户姓蒋的人家，专以捕蛇为业，用蛇来抵税已有三代了。我问姓蒋的那个人有关的情况，他说："我祖父死在捕蛇这件事上，我父亲也死在这件事上，现在我继承父业去捕蛇已有十二年了，有多次几乎被蛇咬死。"他说这番话时，脸色好像显得很难过。我同情他家的遭遇，便接着说："你怨恨捕蛇这件事吗？我可以告诉有关的官吏，更换你捕蛇的差役，恢复你原来的赋税，怎么样？"

【原文】

蒋氏大戚，汪然出涕曰："君将哀而生之①乎？则吾斯役之不幸，未若复吾赋不幸之甚也。向吾不为斯役，则久已病②矣。自吾氏三世居是乡，积于今六十岁矣，而乡邻之生日蹙③，殚④其地之出，竭其庐之入，号呼而转徙，饥渴而顿踣⑤，触风雨，犯寒暑，呼嘘毒疠⑥，往往而死者相藉⑦也。曩⑧与吾祖居者，今其室十无一焉；与吾父居者，今其室十无二三焉；与吾居十二年者，今其室十无四五焉，非死则徙尔，而吾以捕蛇独存。悍吏之来吾乡，叫嚣乎东西，隳突⑨乎南北，哗然而骇者，虽鸡狗不得宁焉。吾恂恂⑩而起，视其缶，而吾蛇尚存，则弛然而卧。谨食之，时而献焉。退而甘食其土之有，以尽吾齿⑪。盖一岁之犯死者二焉，其余则熙熙⑫而乐，岂若吾乡邻之旦旦有是哉！今虽死乎此，比吾乡邻之死则已后矣，又安敢毒邪？"

【注释】

①哀而生之：怜悯我，让我活下去。

②病：通常表示病得很重，这里指陷入困境，困苦不堪。

③蹙（cù）：穷困。

④殚（dān）：竭尽。

⑤顿踣（bó）：困顿跌倒。

⑥毒疠：导致疫病之毒气。疠，指疫气。

⑦相藉：横七竖八地堆在一起。

⑧曩：从前，当初。

⑨隳（huī）突：冲撞毁坏，引申为骚扰。

⑩恂恂：紧张恐惧的样子。

⑪齿：指人的年龄。

⑫熙熙：欢乐的样子。

【译文】

　　姓蒋的听说后更为难过了，他眼泪汪汪地说："大人您想怜悯我，想让我活下去吗？那么我因捕蛇这种差役遭遇的不幸，还没有恢复我的赋税后面临的不幸厉害呢。如果过去我不干这种差役，早已困苦不堪了。自从我家三代住在这个地方，到如今已经有六十年了，乡邻们的生活一天比一天困苦，把田地里出产的东西都交出去了，把家里的收入都上缴了，然后乡邻们哭喊着外出逃荒，因饥渴困顿卧倒在地，忍受风雨寒暑的折磨，呼吸着混浊的毒气，因此死去的人横七竖八地堆在一起。过去和我祖父住在一起的邻居，现在十家中剩不到一家了；和我父亲住在一起的，现在十家中剩不到两三家；和我一起住了十二年的，现在十家中剩不到四五家了，不是死光了就是逃荒去了，可是我由于以捕蛇为业才能独存。凶恶的官吏来到我的家乡时，从东面吆喝到西面，从南面骚扰到到北面，乡邻们吓得连声叫苦，即便是鸡狗也不得安宁。我小心翼翼地爬起来，看一看装蛇的瓦罐，确认我捕捉的蛇还在，便轻松地躺下睡觉了。平时加倍小心地喂蛇，按规定的日期献给官府。回家后便可以有滋有味地吃自己田地里出产的东西，度过我的余生。大概一年之中因捕蛇而冒生命危险的时刻只有两次，其余的时间就可以安然度日了，哪里会像我的乡邻一样每天都会受到死亡的威胁呢！现在我即便死在捕蛇这件事上，比起我那已经死去的乡邻，已经算是死得够晚的了，又怎敢怨恨呢？"

【原文】

　　余闻而愈悲。孔子曰："苛政猛于虎也①。"吾尝疑乎是，今以蒋氏观之，犹信。呜呼！孰知赋敛之毒，有甚是蛇者乎！故为之说，以俟夫观人风②者得焉。

【注释】

①苛政猛于虎：谓苛酷的统治比老虎更可怕。《礼记·檀弓》记载：孔子有一次路过泰山，看到一个妇女坐在那里痛哭。孔子问她为什么哭，妇人说："我家中有三口人都先后被猛虎吃了。"孔子说："附近老虎多，你为什么不搬到别处呢？"妇人说："因为这里没有苛政。"孔子这才说了上面这句话。

②人风：民风民情。应作"民风"，唐人因避唐太宗李世民的名讳，故改为"人风"。

【译文】

我听完他说的这番话后更加悲伤。孔子说："苛捐杂税比老虎还要凶狠啊。"我曾经怀疑过这句话，现在从姓蒋的一家的遭遇来看，才相信了这句话。唉！谁知道苛捐杂税的毒害，比这种毒蛇还厉害呢！所以就这一点加以述说写成文章，留待那些考察民风民情的人参考。

名师点评

作者边叙述，边议论，间或抒情；最后一段关于"苛政猛于虎"的议论，则起到了画龙点睛的作用。如果"苛政猛于虎"是对"猛"字进行强调，那么全文则紧紧围绕"毒"字进行论述。这里的"毒"既包括蛇之毒，也包括赋敛之毒，以蛇之毒作为衬托，进而得出赋敛之毒较蛇之毒更甚的结论。作者大量运用了对比、衬托等手法，而其中对蒋氏生活的描绘极具特色，为我们展现了一幅统治者横征暴敛下的社会生活图景，增强了文章的情绪感染力。

延伸/阅读

柳宗元释放奴婢

柳宗元出身于官宦家庭,他才华横溢,少时便小有名气。

贞元九年(公元793年),柳宗元考中进士,之后便步入了仕途。为官期间,柳宗元积极参与王叔文集团的政治革新。永贞元年(公元805年)九月,革新运动失败,柳宗元遭贬,被发配邵州做刺史,十一月加贬永州司马。元和十年(公元815年)春,柳宗元与涉及革新运动的其他官员一起奉召回到京师,又一起被遣出做刺史,柳宗元去的是柳州。

到任之后,柳宗元振作精神,决心为百姓办实事。他按照当地的风俗,为柳州制订了教谕和禁令,受到了全州百姓的拥护。

当地人常用儿女做抵押向人借钱,约定如果借债人不能按时赎回,等到利息与本金相等时,被抵押人就成了债主的家奴。柳宗元为此替借债人想方设法,帮他们赎回子女;那些实在是一穷二白的,就让债主记下子女当佣工的工钱,到应得的工钱足够抵销债务时,就让债主归还被抵押人。

后来观察使觉得这个办法很好,便推广到别的州县。一年后,被免除奴婢身份回家的将近一千人。

学海/拾贝

☆ 君将哀而生之乎？则吾斯役之不幸，未若复吾赋不幸之甚也。

☆ 非死则徙尔，而吾以捕蛇独存。

☆ 孔子曰："苛政猛于虎也。"

☆ 孰知赋敛之毒，有甚是蛇者乎！

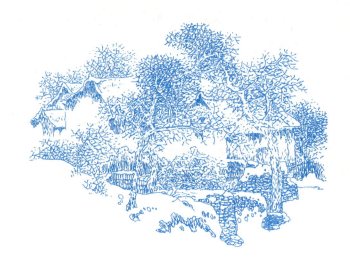

阿房宫赋

名师导读

本篇是杜牧的赋体散文代表作。全文极力摹写阿房宫的宏伟，宫廷生活的奢靡，旨在批判秦始皇横征暴敛激起民愤，总结其二世而亡的历史教训。同时，借古喻今，讽喻唐敬宗大起宫室的弊政。文章骈散结合，既运用了赋体文铺陈、渲染、想象、夸张的艺术手法，又融入散文创作的手法，形成一种声律和谐、辞采华丽、句式多变的文学美。文章兼具思想性和艺术性。

【原文】

六王①毕，四海一②，蜀山兀③，阿房出④。覆压三百余里，隔离天日。骊山北构而西折⑤，直走咸阳。二川溶溶⑥，流入宫墙。五步一楼，十步一阁，廊腰缦回⑦，檐牙高啄⑧，各抱地势⑨，钩心斗角⑩。盘盘焉，囷囷⑪焉，蜂房水涡⑫，矗不知其几千万落⑬。长桥卧波，未云何龙？复道⑭行空，不霁⑮何虹？高低冥迷⑯，不知西东。歌台暖响，春光融融，舞殿冷袖，风雨凄凄。一日之内，一宫之间，而气候不齐。

【注释】

①六王：指战国时期韩、魏、赵、燕、齐、楚六国国君。

②四海：指天下，全中国。一：统一。

③蜀山：泛指今四川一带的山。兀：高而上平，形容山已光秃。

④阿房：《汉书·贾山传》："又为阿房之殿。"颜师古注："'房'字或作'旁'，说云始皇作此殿，未有名，以其去咸阳近，且号'阿旁'。阿，近也。"旧时读"房"为"旁"。出：出现，建成之意。

⑤骊山：在今陕西临潼东南。北构：从（骊山）北边建筑起。

⑥二川：渭水和樊川。溶溶：河水盛大貌。

⑦廊腰缦回：游廊像缦带一样曲折。

⑧檐牙高啄：飞檐像鸟嘴一样高翘。

⑨抱地势：就其地势高低。

⑩钩心斗角：谓廊腰互相连接，纤曲如钩；檐牙彼此相向，像螭龙斗角。形容宫殿的错综精巧。

⑪囷（qūn）囷：曲折回旋的样子。

⑫蜂房水涡：谓楼阁如蜂房，如水涡。

⑬矗：耸立。此字放在句首，形容建筑物的耸立。落：此处指房屋单位，犹如座、所。

⑭复道：楼阁之间架木构成的通道。

⑮霁（jì）：雨过天晴。

⑯冥迷：迷惑，辨不清。

【译文】

六国灭亡了，全国（为秦所）统一，蜀地的山（树木被砍尽）光秃秃的，阿房宫建造出来了。它占地三百多里，遮天蔽日。它从骊山北边建起，再往西转弯，一直通向咸阳。渭水、樊川浩浩荡荡的，流进宫墙里边。五步一座楼，十步一个阁，走廊如绸带般萦回，飞檐像鸟嘴向高处啄着，楼阁各依地势而建筑，廊腰互连，纤曲如钩，檐牙相向，如龙斗角。盘结交错，曲折回旋，建筑群如密集的蜂房，如旋转的水涡，高高地耸立着，不知道它有几千万座。没有起云，为什么有龙？原来是一座长桥躺在水波上。不是雨过天晴，为什么出虹？原来是高高的复道横贯空中。（房屋）忽高忽低、幽深迷离，使人不能分辨东西。歌台上由于歌声响亮而充满暖意，有如春光融和；舞殿上由于舞袖飘拂而充满寒意，有如风雨凄凉。一天之中，一座宫殿之内，气候却不一样。

【原文】

妃嫔媵嫱①，王子皇孙，辞楼下殿，辇②来于秦，朝歌夜弦，为秦宫人。明星荧荧，开妆镜③也；绿云扰扰，梳晓鬟④也；渭流涨腻⑤，弃脂水⑥也；烟斜雾横，焚椒兰也；雷霆乍惊，宫车过也；辘辘⑦远听，杳⑧不知其所之也。一肌一容，尽态极妍，缦（màn）立远视，而望幸⑨焉。有不得见者，三十六年⑩。燕、赵之收藏⑪，韩、魏之经营，齐、楚之精英，几世几年，取掠⑫其人，倚叠⑬如山。一旦不能有，输来其间。鼎铛⑭玉石，金块珠砾（lì），弃掷逦迤⑮，秦人视之，亦不甚惜。

【注释】

①妃嫔媵（yìng）嫱：这里指六国王侯的宫妃。嫔、嫱是宫中女官，妃的等级比嫔、嫱要高。媵是陪嫁女子，多为后妃之妹或侄女，也可能成为嫔、嫱。

②辇：帝王和王后所乘的车。

③妆镜：梳妆用的镜子。

④鬟（huán）：古代女子梳的环形发髻。

⑤涨腻：谓增添一层油腻。

⑥脂水：指含有胭脂香粉的洗脸水。

⑦辘辘：车轮滚动声。

⑧杳：渺茫深远。此字用在句首，形容宫车已走远。

⑨幸：古代指天子车驾到达某地。

⑩三十六年：指秦始皇在位的实际年数。史书记载，秦始皇死的那年是三十七年。此句言六国宫妃在秦宫中，终始皇之世而不得见一面。但秦国在始皇帝十七年（公元前230年）始灭韩，至始皇帝二十六年（公元前221年）尽灭六国，在此之前，六国宫妃并未入秦。只能视为强调夸张说法，不可拘泥。

⑪收藏：与下面句中之"经营""精英"，均指金玉珍宝。

⑫取掠：一作"剽掠"，抢夺而来。

⑬倚叠：堆积。

⑭铛（chēng）：一种平底的锅。

⑮逦（lǐ）迤（yǐ）：绵延不断的样子。

【译文】

六国王侯的宫妃，王子王孙，离开自家的楼阁殿堂，坐上车子，被送入秦国，日夜唱歌奏乐，充当秦国的宫人。明星亮晶晶，是因为她们打开了梳妆的镜子啊；绿云缭绕，是她们早晨在梳发髻、理云鬓；渭水上涨浮的一层油腻，是她们倾倒的脂粉水；烟雾升腾，是她们在焚烧椒兰；雷声突然使人惊心动魄，原来是宫车驰过；辘辘车声，越听越远，不知道前往何处。她们的肌肤姿容，修饰得艳丽娇妍，久久地站立着，远远地望着，盼望得到宠幸。有人从来没见过皇帝，整整空等了三十六年。燕国、赵国收藏的财富，韩国、魏国营求的珠玉，齐国、楚国搜罗的奇珍，是他们经历了多少年代，剽窃掠夺而来，堆积得像山一样。一旦国破家亡，不能继续占有，通通运输到这里来。在这里宝鼎被当成了铁锅，美玉被视为石子，金子如同土块，珍珠就像沙子，丢弃得到处都是。秦国人看了，也不觉得可惜。

【原文】

　　嗟乎①！一人之心，千万人之心也。秦爱纷奢②，人亦念其家。奈何取之尽锱铢③，用之如泥沙？使负栋④之柱，多于南亩之农夫；架梁之椽⑤，多于机上之工女；钉头磷磷⑥，多于在庾⑦之粟粒；瓦缝参差，多于周身之帛（bó）缕；直栏横槛，多于九土⑧之城郭；管弦呕哑⑨，多于市人之言语。使天下之人，不敢言而敢怒，独夫⑩之心，日益骄固⑪。戍卒叫⑫，函谷⑬举，楚人一炬，可怜焦土⑭。

　　呜呼！灭六国者，六国也，非秦也。族⑮秦者，秦也，非天下也。嗟夫！使⑯六国各爱其人，则足以拒秦。秦复爱六国之人，则递三世，可至万世而为君，谁得而族灭也？秦人不暇自哀，而后人哀之，后人哀之而不鉴之，亦使后人而复哀后人也！

【注释】

　　①嗟乎：感叹词。

　　②纷奢：繁华奢侈。

　　③锱（zī）铢（zhū）：古代重量单位，六铢为一锱，一铢略等于后来一两的二十四分之一。用来比喻微小的数量。

　　④负栋：承载屋栋。

　　⑤椽（chuán）：放在梁上支架屋顶的木条。

　　⑥磷磷：形容物体有棱角而突出，此处指砖木结构建筑物上突出的钉头很多。

　　⑦庾（yǔ）：粮仓。

　　⑧九土：九州，指广大国土。

　　⑨呕哑（yā）：乐声。

⑩独夫：专指暴虐无道、众叛亲离的统治者。这里指秦始皇。

⑪骄固：骄傲顽固。

⑫戍卒叫：指陈涉、吴广起义。陈涉、吴广原是谪戍渔阳的戍卒，后在大泽乡起义。

⑬函谷：指函谷关，在今河南灵宝东北。

⑭"楚人一炬"二句：谓项羽一把大火，可怜的阿房宫化为一片焦土。楚人指项羽。

⑮族：灭族，杀死全族的人。这里借指王朝的覆灭。

⑯使：假使。

【译文】

唉，一个人的意愿，也就是千万人的意愿啊。秦始皇喜欢繁华奢侈，百姓也顾念他们自己的家。为什么掠取百姓的财物时连一锱一铢都要搜刮干净，耗费起珍宝来竟像对待泥沙一样。（秦始皇如此奢侈浪费）致使承担栋梁的柱子，比田地里的农夫还多；架在梁上的椽子，比织机上的女工还多；梁柱上的钉头，比粮仓里的粟粒还多；参差交错的瓦缝，比全身的丝缕还多；或直或横的栏杆，比九州的城郭还多；管弦的声音嘈杂，比市民的言语还多。这使天下的人民，嘴上不敢说，心里却充满愤怒。（可是）失尽人心的秦始皇，一天天愈加骄横顽固。（结果）戍边的陈涉、吴广一声呼喊，函谷关被攻下，项羽放一把火，可惜（华丽的阿房宫）化为了一片焦土。

啊！消灭六国的是六国自己，不是秦国。使秦国灭亡的是秦国自己，而不是天下人。唉！倘使六国各自爱护他们的百姓，就足以抵抗秦国。倘使秦国能爱护六国的百姓，就能传到三世，甚至可以传到万世永远做皇帝，谁能使他们灭亡呢？秦人来不及哀痛自己的灭亡，而让后代人哀痛他们，后代人哀痛他们而不以他们为鉴，那么只好让更后的人去哀叹那些人了！

名师点评

　　文章的前半部分介绍阿房宫的特点，作者是通过三方面来介绍的。第一方面介绍了阿房宫的规模，先总写其宏伟外观，占地三百多里，又分别写了楼、廊、檐等建筑的奇特。第二方面介绍了阿房宫美女如云，她们极尽娇媚之态，渴望得到秦始皇的宠幸。第三方面介绍了阿房宫里的奇珍异宝，这些都是从六国搜刮来的。这些描述极尽夸张，凸显了赋体的特色。作者铺陈叙述阿房宫的奢华，是为了表现秦朝的腐化奢靡到了极点，也是为了给后半部分的议论做铺垫。作者在议论中指出了秦朝灭亡的根本原因，旨在借古讽今，希望当朝统治者能吸取秦王朝灭亡的历史教训。

延伸/阅读

杜牧游玩逸事

　　杜牧，字牧之，是宰相杜佑之孙，杜从郁之子，唐代杰出的诗人、散文家。与李商隐齐名，合称"小李杜"。世称"小杜"，以别于杜甫。著有《樊川诗集》。

　　唐文宗大和二年（公元828年），杜牧考中进士。依据以往惯例，新科进士都会在曲江游玩一番。在当时，曲江是极其繁华的场所，到了春天更是人来人往，热闹非凡。晚唐诗人姚合曾赋诗描绘过曲江的盛况："江头数顷杏花开，车马争先尽此来。欲待无人连夜看，黄昏树树满尘埃。"

　　杜牧中了进士，正是意气风发、春风得意的时候。他们一行三五人来到曲江寺院，巧遇一位打坐僧人，于是便与他攀谈起来。僧人问杜牧名讳，杜牧得意地想"天下谁人不识我"，于是大方地报上大名，他猜想僧人听到后一定会露出震惊、崇拜的神情。然而，僧人并没有什么特别的表现，他根本没听说过杜牧。

杜牧感到非常失望，心中充满惆怅之情，遂现场赋诗一首："北阙南山是故乡，两枝仙桂一时芳。休公都不知名姓，始觉禅门气味长。"

学海/拾贝

☆ 长桥卧波，未云何龙？复道行空，不霁何虹？

☆ 瓦缝参差，多于周身之帛缕；直栏横槛，多于九土之城郭；管弦呕哑，多于市人之言语。

☆ 戍卒叫，函谷举，楚人一炬，可怜焦土。

☆ 灭六国者六国也，非秦也。族秦者，秦也，非天下也。

☆ 秦人不暇自哀，而后人哀之，后人哀之而不鉴之，亦使后人而复哀后人也！

岳阳楼记

扫码看视频

名师导读

本篇是范仲淹改革失败后出贬邓州时，应友人滕宗谅（字子京）之请而作。文章由写景转而抒情，再转而言志，结构严密，构思精妙。描绘了洞庭湖宏阔壮观、气象万千的景象，抒写了"先天下之忧而忧，后天下之乐而乐"的开阔襟怀。语言上，骈散结合，排比工整，词采富丽，音节和谐。由于立意高远又文辞优美，成为脍炙人口的杰作。尤其是文中以天下为己任的精神，从文化心理上影响了后世知识分子的人生观，塑造了中国知识分子的文化品格。

【原文】

庆历四年①春，滕子京谪守巴陵郡②。越③明年，政通人和，百废俱兴。乃重修岳阳楼，增其旧制，刻唐贤、今人诗赋于其上，属④予作文以记之。

【注释】

①庆历四年：公元1044年。庆历为北宋仁宗的年号。

②滕子京：名宗谅，河南人，与范仲淹同年进士。曾在泾州（今甘肃泾川）任知州。后因被人诬告"枉费公用钱"而贬至巴陵郡（今湖南岳阳）。谪：被贬官，降职。

③越：到了。

④属：嘱托。

【译文】

庆历四年的春天，滕子京被降职到巴陵郡做太守。到了第二年，政通人和，百废俱兴。他便重修了岳阳楼，扩大了原来的规模，把唐朝名士和当代人物的诗赋刻在上面，嘱托我写一篇文章来记述这件事情。

【原文】

予观夫巴陵胜状，在洞庭一湖①。衔远山，吞长江，浩浩汤（shāng）汤，横无际涯；朝晖夕阴，气象万千。此则岳阳楼之大观也，前人之述备矣。然则北通巫峡②，南极潇湘③，迁客骚人④，多会于此，览物之情，得无异乎？

【注释】

①洞庭一湖：指洞庭湖，在岳阳之西。

②巫峡：长江三峡之一。西起重庆市巫山县大宁河口，东至湖北省巴东县官渡口。

③潇湘：潇水、湘江。流经湖南，注入洞庭湖。

④迁客：本指调动职务的人，这里借一般代特殊，专指被贬谪到外地做官的人。骚人：泛指文人、诗人。骚，诗体的一种，楚辞和后世仿楚辞的作品称为骚体诗，由屈原的《离骚》得名。

【译文】

我看巴陵郡的美景，全在洞庭湖上。它含远山，吞长江，浩浩荡荡，漫无边际；朝阳夕照，气象万千。这就是岳阳楼的雄伟景象，前人的记述已经很详尽了。那么，它的北面通向巫峡，南面直抵潇水、湘江，遭贬的官吏、诗人常在这里聚会，（他们）观赏自然景物而触发的感情大概会有所不同吧？

【原文】

若夫霪雨霏霏①，连月不开，阴风怒号，浊浪排空，日星隐曜②，山岳潜形，商旅不行，樯倾楫摧，薄暮冥冥，虎啸猿啼。登斯楼也，则有去国③怀乡，忧谗畏讥，满目萧然，感极而悲者矣。

【注释】

①霪（yín）雨：同"淫雨"，连绵不停的过量的雨。霏霏：（雨水）细密。

②曜：光辉。

③国：这里指国都。

【译文】

有时细雨连绵不断，数月不见放晴，阴风怒吼，浊浪腾空而起；日月星辰光芒消失，山岳也隐没了它的形体；商人、旅客无法通行，桅杆倾斜，船桨折断；傍晚一片昏暗，虎啸猿啼。这时登上了岳阳楼，就会有一种离开国都、怀念家乡，担心人家说坏话、惧怕人家批评指责，满眼都是萧条的景象，感慨到了极点而悲伤的心情。

【原文】

至若春和景明，波澜不惊，上下天光，一碧万顷，沙鸥翔集，锦鳞游泳，岸芷汀兰①，郁郁青青。而或长烟一空，皓月千里，浮光耀金②，静影沉璧③,渔歌互答,此乐何极！登斯楼也,则有心旷神怡,宠辱皆忘,把酒临风,其喜洋洋者矣。

【注释】

①芷（zhǐ）：一种多年生草本植物，花为白色。汀：水边平地，小洲。

②浮光耀金：湖水波动时，浮在水面上的月光闪耀着金色的光芒。

③静影沉璧：指平静的月影犹如沉在水底的玉璧。

【译文】

有时春光明媚，风停浪静，水天一色，碧波万里；沙洲上的鸥鸟时而飞翔，时而停歇，美丽的鱼游来游去；岸上的香草和小洲上的兰花，草木茂盛，青翠欲滴。有时云雾消散一空，月光一泻千里，湖面似金光闪烁，月影如璧玉沉底，渔歌互相问答，其乐无穷！这时登上了岳阳楼，就会感到心胸开阔、心情愉快，光荣和屈辱一并忘了，端着酒杯，吹着微风，那真是高兴极了。

【原文】

嗟夫！予尝求古仁人之心，或异二者之为。何哉？不以物喜，不以己悲。居庙堂①之高，则忧其民；处江湖②之远，则忧其君。是进亦忧，退亦忧。然则何时而乐耶？其必曰"先天下之忧而忧，后天下之乐而乐"欤！噫！微斯人③，吾谁与归！

【注释】

①庙堂：太庙的明堂，古代帝王祭祀、议事的地方。这里指朝廷。

②江湖：泛指五湖四海各地，唐以后往往用于指落魄流浪之处。

③微：没有。斯人：这样的人。

【译文】

唉！我曾经探求古时品德高尚的人的思想感情，或许不同于（以上）两种人的心情，为什么呢？因为他们不因外物好坏和自己的得失而或喜或悲。身居朝廷高位，就会为百姓担忧；身处边远江湖，就会为皇帝担忧。这就是做官也担忧，贬斥在外也担忧。那么他们何时才会感到快乐呢？他们一定会说"在天下人忧之前先忧，在天下人乐之后才乐"吧！唉！如果没有这种人，我还能和谁志同道合呢！

名师点评

　　范仲淹的《岳阳楼记》之所以著名，与文章崇高的思想境界分不开。在整篇文章中，作者先以"政通人和"交代了写这篇文章的背景。接下来写了洞庭湖的美景，同时夹杂了议论。被贬之人常聚集在湖边的岳阳楼，由此作者不禁思考，他们在观赏美景的同时，心情会不会有差异呢？继而作者写到阴雨连绵、天昏地暗的时候，观赏的人就心情沉郁；阳光明媚、微风轻拂的时节，登楼的人则心情开朗。由此作者引出最后一段，点明主旨，指出境界高的人不应因客观环境的变化而影响自己的心绪，不应过分地计较个人得失，以此抒发自己的胸怀。

延伸/阅读

范仲淹发奋苦读

范仲淹是北宋著名的政治家、军事家、思想家、文学家，生于公元989年，卒于公元1052年。

范仲淹出生于一个官宦之家，但是在他两岁时，父亲范墉在任所病逝，母亲在贫困无依的情况下改嫁淄州朱姓长山人。范仲淹也随之改名为朱说（yuè）。直到二十几岁，范仲淹得知身世，非常伤感，于是毅然辞别母亲，来到应天府（今河南商丘）求学，在戚同文门下学习。

范仲淹读书非常刻苦，冬天看书乏困时，他便用冷水洗脸让自己保持清醒；有时没有东西吃，便只能以稀粥度日。虽然生活困苦，范仲淹却还是忍受下来，从未叫苦。经过几年的发奋苦读，范仲淹已对儒家经典要义融会贯通，并立志一定要兼济天下。

大中祥符八年（公元1015年），范仲淹以"朱说"之名考中进士，成为广德军司理参军。因为已经有了朝廷俸禄的支撑，范仲淹便把母亲接来奉养。范仲淹刚正不阿，后于天禧元年（公元1017年）升为文林郎、任集庆军节度推官，此时方归宗父姓，范仲淹之名才得以恢复。后来庆历年间，范仲淹作为参知政事，主导推行了历史上有名的"庆历新政"。

学海/拾贝

☆ 衔远山，吞长江，浩浩汤汤，横无际涯；朝晖夕阴，气象万千。

☆ 登斯楼也，则有去国怀乡，忧谗畏讥，满目萧然，感极而悲者矣。

☆ 登斯楼也，则有心旷神怡，宠辱皆忘，把酒临风，其喜洋洋者矣。

☆ 不以物喜，不以己悲。

☆ 居庙堂之高，则忧其民；处江湖之远，则忧其君。

☆ 先天下之忧而忧，后天下之乐而乐。

醉翁亭记

名师导读

宋仁宗庆历五年（公元 1045 年），以参知政事范仲淹为首的新政派成员，因为触犯了贵族官僚的利益，相继被排挤出朝廷，欧阳修因为上书为其分辩，被贬到滁州（今安徽滁州）做知州，《醉翁亭记》就是在这个时期作的。此文将山水之乐、游人之乐、众宾之乐、太守之乐皆寓于"酒"中，展现了一幅明丽的风景画和风俗画，道出一种自然闲适的乐趣。同时，"醉翁之意不在酒"，也不无政治失意，寄情山水的复杂情绪。文中连用"也"字贯穿全文，形成回环往复之势，在文章结构和音调节奏方面均有其特点，为古代山水游记中的精品。

【原文】

环滁①皆山也。其西南诸峰，林壑尤美。望之蔚然②而深秀者，琅琊③也。山行六七里，渐闻水声潺潺，而泻出于两峰之间者，酿泉也。峰回路转，有亭翼然临于泉上者，醉翁亭也。作亭者谁？山之僧智仙也。名之者谁？太守④自谓也。太守与客来饮于此，饮少辄醉，而年又最高，故自号曰醉翁也。醉翁之意不在酒，在乎山水之间也。山水之乐，得之心而寓之酒也。

【注释】

①滁：滁州，在今安徽东部。

②蔚然：草木繁盛的样子。

③琅琊：山名，在今安徽滁州西南。

④太守：汉代郡的长官称太守，宋代已然废郡设州，但人们还是习惯称知州为太守。

【译文】

滁州城的四面环绕着的都是山。城西南方向的山峦和树林、山谷尤其秀美。远远眺望草木繁盛而幽静秀丽的地方，便是琅琊山。沿着山路走上六七里，渐渐地可以听到潺潺的流水声，流水从两座山峰之间飞泻下来的，是酿泉啊。山势回环，道路弯转，有一座亭子四角像鸟一样展翅，踞于酿泉之上的，是醉翁亭。建造这个亭子的人是谁？是山里的和尚智仙。给它起名的人是谁？是太守用自己的别号来命名的。太守和宾客来到这里饮酒，稍微喝一点儿就醉了，而他的年龄又是最大的，所以自己给自己起了个别号叫"醉翁"。醉翁的心意并不在酒上，而是在山光水色之中啊。欣赏山水美景的乐趣，有感于心，而寄托在酒上罢了。

【原文】

若夫日出而林霏①开，云归而岩穴暝②，晦明③变化者，山间之朝暮也。野芳发而幽香，佳木秀而繁阴，风霜高洁，水落而石出者，山间之四时也。

朝而往，暮而归，四时之景不同，而乐亦无穷也。

【注释】

①霏：雾气。

②暝：昏暗。

③晦明：指天气阴晴明暗。

【译文】

要说那太阳出来，树林间的雾气散去，烟云聚拢过来，山谷洞穴昏暗了，这明暗交替，变化不一，就是山间的早晨和晚上。野花开了，有一股清幽的香味；树木枝繁叶茂，形成一片浓密的绿荫；风高霜洁，天高气爽，溪水低落，石块显露，这就是山中的四季变化。早晨上山，傍晚归来，四季的景色不同，乐趣也是无穷无尽的。

【原文】

至于负者歌于涂①，行者休于树，前者呼，后者应，伛偻提携②，往来而不绝者，滁人游也。临溪而渔，溪深而鱼肥；酿泉为酒，泉香而酒洌③。山肴野蔌④，杂然而前陈者，太守宴也。宴酣之乐，非丝非竹⑤，射者中，弈者胜，觥筹交错⑥，起坐而喧哗者，众宾欢也。苍颜白发，颓乎其中者，太守醉也。

【注释】

①负者：背东西的人。涂：后写作"途"，道路。

②伛（yǔ）偻（lǚ）：腰背弯曲的人，这里指老人。提携：小孩子。

③洌：水清，这里指酒清而不浊。

④蔌（sù）：蔬菜的总称。

⑤丝：弦乐。竹：管乐。

⑥觥：古代饮酒用的大杯，用木或铜制。筹：用竹子制成的计数用具。在这里指记饮酒数量的筹码。

【译文】

至于背着东西的人在路上歌唱，行路的人在树下休息，前面的人呼喊，后面的人应答，弯腰曲背的老人和被人牵着的孩子，往来不断的滁州人在这里游览。到河边去垂钓，水深而鱼肥；用泉水来酿酒，水香而酒清。各种野味和蔬菜，错杂地摆放在面前，是太守在举行宴会。宴会上的乐趣，不在于音乐，而在于投射的中了，下棋的赢了，酒杯和酒筹交互错杂，时起时坐，大声喧闹，这是宾客们在尽情欢乐。一个脸色苍老、头发花白的人，醉醺醺地坐在众人中间的，是太守喝醉了。

【原文】

已而夕阳在山，人影散乱，太守归而宾客从也。树林阴翳①，鸣声上下，游人去而禽鸟乐也。然而禽鸟知山林之乐，而不知人之乐；人知从太守游而乐，而不知太守之乐其乐也。醉能同其乐，醒能述以文者，太守也。太守谓谁？庐陵②欧阳修也。

【注释】

①翳（yì）：障蔽，掩蔽。

②庐陵：今江西吉安。欧阳修先代为庐陵望族，故他以庐陵人自称。

【译文】

很快，夕阳落到西山上，人的影子散乱一地，是太守回城而宾客跟从啊。树林里的枝叶茂密荫蔽，鸟儿的叫声到处都是，是游人离开后鸟儿在欢快地唱歌啊。但是鸟儿只知道山林中的乐趣，却不知道人们的快乐；而人们只知道跟随太守游玩的快乐，却不知道太守以他们的快乐为快乐啊。醉了能够和大家一起畅快地玩乐，酒醒后能够写文章记述这乐事的人，是太守啊。太守是谁呢？是庐陵人欧阳修啊。

名师点评

从结构上来看，贯穿全文的主线为"乐"。写山水，展现出"得之心"的乐；写游人，展现出人情之乐；写宴饮，展现出"宴酣之乐"。全文层层烘托，结构严谨，前后呼应。从语言上看，文中大量运用骈偶句，并夹有散句，句法整齐又不乏变化，不仅使文章更显得音调铿锵，而且形成一种骈散结合、富有节奏感的独特风格。从思想上来看，文章中洋溢着积极、豁达的思想。本文作于作者被贬期间，作者的内心难免抑郁，但他并未因此而悲观、沉沦，相反，他尽心治理滁州，与民同乐。

延伸/阅读

千古伯乐欧阳修

欧阳修（公元1007年—公元1072年），字永叔，号醉翁、六一居士，吉州永丰（今江西吉安永丰）人，北宋政治家、文学家。官至翰林学士、枢密副使、参知政事，谥号文忠，世称欧阳文忠公。

欧阳修在文学上声名赫赫，为文学的发展做出了突出贡献，于是后人将欧阳修与韩愈、柳宗元、苏轼合称为"千古文章四大家"。同时，欧阳修也与韩愈、柳宗元、苏轼、苏洵、苏辙、王安石、曾巩合称为"唐宋散文八大家"。

任职期间，欧阳修非常爱惜人才，一旦发现有真才实学的后生都会极力推荐，使得许多默默无闻的青年才俊得以发挥自身的才能，甚至是名垂后世，可谓是千古伯乐。这些被欧阳修举荐的人包括苏轼、苏辙、曾巩等文坛巨匠，还包括张载、程颢、吕大钧等旷世大儒，由此可见欧阳修的学识广博、眼光宽阔、胸怀宽广。欧阳修一生桃李满天下，包拯、韩琦、文彦博、司马光都曾得到他的赞赏和推荐。唐宋八大家中宋代的五人皆出自欧阳修门下，在被欧阳修提携之前，他们都为布衣之身，但自此名扬天下。因此，欧阳修无愧为千古伯乐。

学海/拾贝

☆ 醉翁之意不在酒，在乎山水之间也。山水之乐，得之心而寓之酒也。

☆ 野芳发而幽香，佳木秀而繁阴，风霜高洁，水落而石出者，山间之四时也。

☆ 然而禽鸟知山林之乐，而不知人之乐；人知从太守游而乐，而不知太守之乐其乐也。

☆ 醉能同其乐，醒能述以文者，太守也。

前赤壁赋

扫码看视频

本文是苏轼被贬为黄州（今湖北黄冈）团练副使时和宾客游览赤壁时所作。他曾两次到过赤壁，都写过赋，即《前赤壁赋》和《后赤壁赋》。赤壁曾是三国时期魏、吴交兵时的古战场。不过，这个战场的旧址在今湖北嘉鱼县境内，作者所游览的是今湖北黄冈的赤壁矶。在本文中，作者通过凭吊古战场抒发了自己复杂、矛盾的心情。一方面感慨人生之无常，另一方面又阐明了"变"与"不变"、"物"与"我"的哲理，表现出作者豁达乐观的精神。

【原文】

壬戌①之秋，七月既望②，苏子与客泛舟游于赤壁之下。清风徐来，水波不兴。举酒属客，诵《明月》之诗③，歌"窈窕"之章④。少焉，月出于东山之上，徘徊于斗、牛之间⑤。白露横江，水光接天。纵一苇之所如，凌万顷之茫然。浩浩乎如冯虚御风⑥，而不知其所止；飘飘乎如遗世独立，羽化⑦而登仙。

【注释】

①壬戌：按照古代干支纪年推算，壬戌为宋神宗元丰五年（公元1082年）。

②既望：农历每月十六日。望为农历每月十五日。既，过了。

③《明月》之诗：指《诗经·陈风·月出》。

④"窈窕"之章：指《月出》一诗的首章，其中有"舒窈纠兮"之句。

⑤斗、牛：二十八宿中的斗宿和牛宿。

⑥冯虚：腾空而起。冯，后写作"凭"。御：驾驶。

⑦羽化：指飞升上天成了神仙。

【译文】

壬戌年的秋天，七月十六日那天，我和客人们划着船到赤壁之下去游览。清风缓慢地吹过来，江面没有激起波浪。我举起酒杯向客人敬酒，吟诵《月出》诗中的"窈窕"之篇。过了片刻，月亮从东山上升起，在斗、牛两个星宿之间徘徊。白茫茫的雾气横跨江面，水面的月光和天空连成一片。我们听任苇叶般的小船自由自在地漂流，越过茫茫无边的江面。在浩瀚的江水中好像要乘风飞去，不知将要飞向何处；我们飘然超忽，好像远离尘世而独自存在，变成神仙，飞升仙境。

【原文】

于是饮酒乐甚，扣舷而歌之，歌曰："桂棹①兮兰桨，击空明兮溯②流光。渺渺兮予怀，望美人③兮天一方。"客有吹洞箫者，依歌而和之。其声呜呜然，如怨如慕，如泣如诉，余音袅袅，不绝如缕，**舞幽壑之潜蛟，泣孤舟之嫠妇**④。

【注释】

①棹（zhào）：划船工具，前推者为"桨"，后推者为"棹"。

②溯：逆水而上。

③美人：古文中常以"美人"指贤君或心中美好理想，这是一种借代的

修辞方法。

④嫠（lí）妇：寡妇。

【译文】

这时，大家喝着酒十分高兴，敲打着船舷唱起歌来，歌词是："桂木做的棹啊，兰木做成的桨，迎着月色击打着清澈的江水啊，让小船逆流而上迎来流动的波光。我的胸怀无比广阔，遥望心中的美人啊，在天的另一方。"客人中有位能吹洞箫的，应着歌声进行伴奏。箫声呜呜地响，像哀怨又像思慕，像哭泣又像倾诉，箫声停后仍旧余音袅袅，好像一缕细丝连绵不断，这种声音能使潜伏在深渊中的蛟龙起舞，使独处孤舟中的寡妇为之哭泣。

【原文】

苏子愀然①，正襟危坐而问客曰："何为其然也？"客曰："'月明星稀，乌鹊南飞'，此非曹孟德②之诗乎？西望夏口③，东望武昌④，山川相缪⑤，郁乎苍苍，此非孟德之困于周郎⑥者乎？方其破荆州⑦，下江陵⑧，顺流而东也，舳舻⑨千里，旌旗蔽空，酾⑩酒临江，横槊⑪赋诗，固一世之雄也，而今安在哉？况吾与子渔樵于江渚⑫之上，侣鱼虾而友麋鹿，驾一叶之扁舟，举匏樽⑬以相属。寄蜉蝣⑭于天地，渺沧海之一粟⑮，哀吾生之须臾⑯，羡长江之无穷，挟飞仙以遨游，抱明月而长终。知不可乎骤⑰得，托遗响⑱于悲风。"

【注释】

①愀（qiǎo）然：忧愁不乐的样子。

②曹孟德：曹操，字孟德。

③夏口：地处汉水入长江之口，因汉水自沔阳以下兼称夏水，故名夏口，故址在今湖北武汉黄鹄山。

④武昌：今湖北鄂州。

⑤缪（liáo）：盘绕。

⑥周郎：周瑜，字公瑾，年少时被称为"周郎"，三国时东吴名将。汉献帝建安十三年（公元208年），曹操率军南下，周瑜与刘备合兵，大败曹兵于赤壁。

⑦荆州：今湖北襄阳。

⑧江陵：今属湖北。

⑨舳（zhú）舻（lú）：泛称船只。一说为大船。舳，船后掌舵处。舻，船头。

⑩釃（shī）：斟酒。

⑪槊（shuò）：古代兵器，即长矛。

⑫渚（zhǔ）：江中的小洲。

⑬匏（páo）樽：葫芦做的容器。

⑭蜉蝣：一种昆虫，据说只能活几个小时，朝生暮死。

⑮粟：小米。

⑯须臾：片刻之间。《僧祇律》："一日一夜有三十须臾。"

⑰骤：迅速。

⑱遗响：余音。

【译文】

　　我面色凝重，整理衣襟而端正地坐着问客人说："这箫声为什么这样伤感呢？"客人说："'月明星稀，乌鹊南飞'，这不是曹操写的诗句吗？西望夏口，东望武昌，山川缭绕，郁郁苍苍，这不就是曹操被周郎围困的地方吗？当初曹操攻占了荆州，拿下了江陵，大军顺着长江东下的时候，战船连接千里，旗帜遮蔽天空，站在船上洒酒祭江，横握长矛赋诗明志，确实是一世的英雄啊，可如今又到哪里去了呢？何况我和您在江边沙洲上钓鱼砍柴，与鱼虾做伴，与麋鹿为友，驾着一叶小舟，举起酒杯互相劝酒。像蜉蝣一样在天地间寄

托着短促的生命，渺小得像沧海中的一粒小米，哀叹我们的生命太短促了，羡慕长江流水的无穷无尽，希望追随着仙人遨游于太空，更希望怀抱明月而永存于天地。我知道这些愿望不会立即实现，只有借箫声的余音把无穷的遗憾托付给江上的秋风。"

【原文】

苏子曰："客亦知夫水与月乎？逝者如斯①，而未尝往也；盈虚者如彼，而卒②莫消长也。盖将自其变者而观之，则天地曾不能以一瞬；自其不变者而观之，则物与我皆无尽也。而又何羡乎？且夫天地之间，物各有主，苟非吾之所有，虽一毫而莫取。惟江上之清风，与山间之明月，耳得之而为声，目遇之而成色，取之无禁，用之不竭，是造物者③之无尽藏也，而吾与子之所共适④。"

【注释】

①逝者如斯：这原是孔子说的话，见《论语·子罕》："子在川上曰：'逝者如斯夫。'"逝，消失，流失。斯，如此，这样。

②卒：最后，最终。

③造物者：创造万物的主宰者，指天地自然。

④适：享用。

【译文】

　　我对客人说："您也知道那江水和月亮吗？江水虽然日夜不停地流去，但长江本身并没有因此而消失；月亮虽然那样时圆时缺，但月亮本身并没有丝毫增减。如果从变化的方面来看，天地之间的万物用不了一眨眼的工夫就会变了；如果从不变的方面来看，万物和我都永远存在着。那又何必羡慕它们呢？况且天地之间，万物都各自有主，如果不是为我所有的，即便是一丝一毫也不能去取。只有那江上的清风和山间的明月，用耳朵就能听到它们的声音，用眼睛就能看到它们的颜色，取走它们无人禁止，享用它们也没有竭尽的忧虑，这是大自然留下的无穷无尽的宝藏，也是我和您可以共同享受的。"

【原文】

　　客喜而笑，洗盏更酌，肴核①既尽，杯盘狼藉②，相与枕藉③乎舟中，不知东方之既白。

【注释】

　　①肴核：肉类和果类食品。

　　②狼藉：杂乱无序的样子。

　　③枕藉：枕头和褥子。在这里用作动词，意思是相互靠着睡觉。

【译文】

　　客人听后高兴地笑了，洗了酒杯重新斟酒，直到菜肴和果品都吃完了，酒杯和盘子放得凌乱不堪，大家互相依偎着在船中睡着了，不知不觉东方已经露出了白色。

名师点评

文章虽从记游写起，并不着意写景，而是以阐明哲理、发表议论为主。然而，文章的哲理性并非借助抽象的哲学语言和纯粹的逻辑思辨得以展现，苏轼采用的是更为高明的手法，他通过因景生情、借物喻理令全文达到了景、情、理的统一。作者的内心世界复杂而矛盾，主要分三层来表现：首先月夜泛舟游览古迹，在美好景色之中作者饮酒歌唱，忘怀了世俗的繁杂之事；他凭吊历史人物，又受客人哀戚的箫声的感染，怀古伤今，感到人生短促，跌入现实的苦闷；但他又申述人类和万物同样会永久地存在，表现了作者乐观豁达的人生态度。

延伸/阅读

乌台诗案

宋神宗熙宁年间，王安石主张变法，他得到了宋神宗的重用。苏轼因与王安石政见不合，被迫自请离京外放。神宗元丰二年（公元1079年）七月，时御史何正臣上表弹劾苏轼，认为其在到任湖州后谢恩的上表中，用语有暗自讥刺朝政之意，同时冠之以"愚弄朝廷，妄自尊大"的罪名。宋神宗看罢奏章后勃然大怒，他下令拘捕苏轼入京，并严加审问。这件事一出，苏轼的亲友、家人都惊吓得六神无主，苏轼也做好了赴死的准备。这就是著名的文字狱"乌台诗案"。

所谓"乌台"，指的就是御史台，因官署内种植着许多柏树，因此也叫"柏台"。而"乌台"这个名称则因常有乌鸦在柏树上栖息筑巢而产生。

之后，苏轼的弟弟苏辙和其他大臣进行多方营救，苏轼才逃过一死，但是被贬到了黄州。苏轼表面上虽是个朝廷命官，实际却为囚犯身份，处境艰难。这件事对苏轼影响很大，每每回忆起来都心有余悸，说自己"惊魂未定，梦游缧绁之中；只影自怜，命寄江湖之上"。

学海/拾贝

☆ 浩浩乎如冯虚御风，而不知其所止；飘飘乎如遗世独立，羽化而登仙。

☆ 寄蜉蝣于天地，渺沧海之一粟，哀吾生之须臾，羡长江之无穷，挟飞仙以遨游，抱明月而长终。

☆ 盖将自其变者而观之，则天地曾不能以一瞬；自其不变者而观之，则物与我皆无尽也。

☆ 惟江上之清风，与山间之明月，耳得之而为声，目遇之而成色，取之无禁，用之不竭，是造物者之无尽藏也，而吾与子之所共适。

阅江楼记

扫码看视频

名师导读

本文是一篇奉诏应制之作。明太祖朱元璋登基后，下诏在金陵狮子山建造阅江楼。建成后，命"开国文臣之首"的宋濂撰文以记其事，并且刻在碑石上流传后世。本文既然是宋濂奉诏所写的一篇歌颂性的散文，其中自然免不了有一些歌功颂德的溢美之辞。但作者并没有仅仅写这些，而是援引历史，特别是六朝覆灭的事实，规劝统治者要以史为鉴，安抚内外，体恤民生，体现了作者忠君忧民的思想。

【原文】

金陵①为帝王之州，自六朝迄于南唐，类皆偏据一方，无以应山川之王气。逮我皇帝，定鼎②于兹，始足以当之。由是声教所暨③，罔间朔南④，存神穆清⑤，与天同体，虽一豫⑥一游，亦可为天下后世法。京城之西北，有狮子山，自卢龙⑦蜿蜒而来，长江如虹贯，蟠绕其下。上以其地雄胜，诏建楼于巅，与民同游观之乐，遂锡⑧嘉名为"阅江"云。

【注释】

①金陵：今江苏南京。

②定鼎：建立国都。传说夏禹曾铸有九鼎，象征天下九州，传于商周，

都作为传国重器置于国都，后世遂称建立国都为"定鼎"。

③ 暨：及，到。

④ 罔间朔南：南北无间隔。

⑤ 穆清：淳和清明。

⑥ 豫：古代专指帝王秋天出巡。

⑦ 卢龙：山名。在今江苏江宁。

⑧ 锡：赐予。

【译文】

金陵是帝王居住的地方，然而从六朝一直到南唐，那些政权全都偏安于一隅，无法和当地山水所呈现的帝王之气相适应。直到我大明皇帝建国定都于此，才开始与这种气魄相当。从此以后，声威教化所及之处，不因地分南北而有所阻隔，帝王清和之气与天合一，化育万物，即使是一次巡游和一次娱乐，也可以成为后世效法的准则。京城的西北方有一座狮子山，是从卢龙山蜿蜒伸展过来的，长江如长虹一般，盘绕在山麓下。圣上认为此地雄伟壮观，便下诏令在山顶修建一座楼，与百姓同享游览观景之乐，于是亲自给这座楼赐美名为"阅江"。

【原文】

登览之顷，万象森列，千载之秘，一旦轩露①。岂非天造地设，以俟大一统之君，而开千万世之伟观者欤？当风日清美，法驾幸临②，升其崇椒③，凭阑遥瞩，必悠然而动遐思。见江汉之朝宗④，诸侯之述职，城池之高深，关阨⑤之严固，必曰："此朕栉风沐雨，战胜攻取之所致也。"中夏之广，益思有以保之。见波涛之浩荡，风帆之上下，番舶接迹而来庭，蛮琛⑥联肩而入贡，必曰："此朕德绥威服，覃⑦及内外之所及也。"四陲之远，益思有以柔之。见两岸之间、四郊之上，耕人有炙肤皲足之烦，农女有捋桑行馌⑧之勤，必曰："此朕拔诸水火，而登于衽席⑨者也。"万方之民，益思有以安之。触类而思，不一而足。臣知斯楼之建，皇上所以发舒精神，因物兴感，无不寓其致治之思，奚止阅夫长江而已哉！

【注释】

① 轩露：显露。

② 法驾：指天子乘坐的车辇。幸：指皇帝驾临。

③ 崇椒：高高的山顶。

④ 朝宗：原指诸侯入朝面见天子，这里指江河之水汇入大海。

⑤ 阨：通"隘"，指险要的地带。

⑥ 蛮琛（chēn）：国外进贡的物品。琛，珍宝。

⑦ 覃（tán）：蔓延，延及。

⑧ 馌（yè）：给田间劳作的人送饭。

⑨ 衽（rèn）席：床上的席子。

【译文】

登上阅江楼，极目远眺，万千景象一一罗列于眼前，千百年来大地的秘藏，顷刻间便显露无遗。这难道不是天地的神灵早就造就了这般美景，以等待一统海内的圣君来展现出的千秋万世的奇观吗？当风和日丽时，皇帝驾临此处，登上狮子山的顶峰，倚靠栏杆放眼远望，一定会悠然自得地产生深思。看到长江、汉水等向大海奔流，各地大吏奔赴国都述职，金陵的城池既高又深，关隘防守无比严密坚固时，皇帝一定会说："这大好江山，是我奔波劳碌、不避风雨，战胜顽敌、攻城夺地才获得的成果啊。"从而联想到华夏大地如此广阔，就更应该考虑如何保护国家。看到长江中波涛浩荡汹涌，帆船来往不断，海外的航船相继来朝，各国使者竞相前来进贡，皇帝一定会说："这是我以恩德感化、以威力震慑，影响波及海内外才达到的啊。"从而联想到四方边境如此遥远，就更应该考虑如何安抚那里的人心。看到长江两岸、四方郊野之上，农夫们有夏天时阳光烤炙、冬天时手足冻裂的辛苦，农妇们有采桑养蚕、田间送饭的劳累，皇帝一定会说："是我把他们从水深火热之中拯救出来，才使他们安稳地睡在床席之上的啊。"从而联想到天下各地的百姓，就更加要思考怎样使他们安居乐业。像这样触景生情的例子，实在是数不胜数。臣深知这座楼的修建，是皇上用来振奋精神的，由于不同的事物而产生的感慨，无不寄托着致力于天下大治的思想，哪里仅仅是为了观览长江美景而已呢！

【原文】

彼临春、结绮①，非不华矣；齐云、落星②，非不高矣。不过乐管弦之淫响，藏燕、赵之艳姬③，一旋踵④间而感慨系之，臣不知其为何说也。虽然，长江发源岷山⑤，委蛇七千余里而入海，白涌碧翻，六朝之时，往往倚之为天堑。今则南北一家，视为安流，无所事乎战争矣。然则果谁之力欤？逢掖⑥之士，有登斯楼而阅斯江者，当思圣德如天，荡荡难名，与神禹疏凿之功同一罔极。忠君报上之心，其有不油然而兴耶？

【注释】

①临春、结绮：楼名，南北朝时陈后主所建。

②齐云：楼名，唐曹恭王所建，故址在今江苏苏州。落星：楼名，三国时吴孙权所建，故址在今江苏江宁。

③燕、赵：战国时的两国。据旧日说法，"燕赵多美女"，故在这里泛指面容姣好的女子。

④旋踵：转足后跟，形容时间过得极快。

⑤岷山：在今四川北部。其实长江并不发源于此地，这是古人的误解。

⑥逢掖：袖子宽大的衣服，为古代儒士所穿。

【译文】

那临春阁、结绮阁，不是不华美啊；齐云楼、落星楼，不是不高峻啊。可那无非就是演奏淫词艳曲，藏纳燕、赵美女以供寻欢作乐的场所，因此在转瞬间便烟消云散而令后人为之感叹，对此臣真不知道应该如何评价才是。虽然如此，长江发源于岷山，曲折盘旋七千余里流入大海，白浪碧波上下翻腾，六朝的时候常常倚靠它作为天然的屏障。今天大江南北天下统一，人们只是把它视为一条平静的河流，不再使之成为战事上的需要了。那么，这到底是靠谁的力量呢？那些身穿儒服的读书人中，有登上这座楼而观赏长江胜景的，就应当想到皇上的恩德浩荡如天，广阔得难以形容，这和大禹疏导洪水的功业同样是无边无际的。想到这一点，忠君报国之心，难道说还不会自然而然地产生吗？

【原文】

臣不敏，奉旨撰记。欲上推宵旰①图治之功者，勒诸贞珉②。他若留连光景之辞，皆略而不陈，惧亵也。

【注释】

①宵旰（gàn）：宵衣旰食，意谓天未明即穿衣起身，傍晚才进食。比喻勤于政务。旰，晚。

②贞珉（mín）：石刻碑铭的美称。

【译文】

我才能平庸，奉皇上旨意撰写这篇《阅江楼记》。只是想把皇上宵衣盱食、励精图治的功德铭刻于碑石之上。至于其他流连于风光美景的言辞，都一概略过不表，唯恐亵渎了皇上建造此楼的本意。

名师点评

　　《阅江楼记》是宋濂奉诏而作的一篇景物记，其间不乏一些对当朝统治者歌功颂德的溢美之词，但文章并非曲意逢迎，而是饱含了讽劝当世的意图。总体来看，文章结构严谨，转接自如，写景、叙事和议论穿插得十分自然。内容庄重典雅、含蓄委婉，当为应制文中的优秀作品。

延伸/阅读

宋濂识人之慧

　　宋濂（公元 1310 年—公元 1381 年），字景濂，号潜溪，别号龙门子、玄真道士、玄真遁叟，浙江浦江人，明初政治家、文学家。明太祖朱元璋赞誉其为"开国文臣之首"，学者称其为太史公、宋龙门。

　　明太祖曾经向宋濂问起大臣们的好坏。宋濂只是将那些好的大臣列举出来，向明太祖述说。明太祖于是询问原因，宋濂回答道："好的大臣跟我交朋友，我非常了解他们；而我并不跟不好的大臣交往，因此对他们并不了解。"

　　还有一次，主事茹太素向明太祖上奏章，内容洋洋洒洒有一万多字。明太祖龙颜大怒，遂向朝中臣子询问此事。有人认为茹太素的奏章中，有很多不敬之处和不合法制的批评。明太祖转而问宋濂，宋濂回答道："茹太素只是对陛下尽忠罢了，当下正广开言路，怎么能对他施以重责呢？"

　　不久，明太祖重新审视茹太素的奏章，发现其中的确有值得采纳的内容，于是召朝臣斥责了一顿，并口呼宋濂的字说："假如不是有景濂，我几乎错怪了忠言进谏的人哪！"

学海/拾贝

☆ 中夏之广，益思有以保之。

☆ 四陲之远，益思有以柔之。

☆ 臣知斯楼之建，皇上所以发舒精神，因物兴感，无不寓其致治之思，奚止阅夫长江而已哉！

卖柑者言

扫码看视频

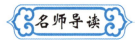

　　这是元朝末年刘基所写的一篇寓言散文，从其作用来看，又类似讽刺小品。柑子是一种不易保存的水果。作者通过一个善于保存柑子的小贩之口，揭露了元末奸人当权、盗贼四起、百姓贫困的黑暗社会现实，讽刺了那些文不能治国、武不能治军，尸位素餐的大臣。

【原文】

　　杭①有卖果者，善藏柑。涉寒暑不溃，出之烨然②，玉质而金色。剖其中，干若败絮。予怪而问之曰："若所市于人者，将以实笾豆③，奉祭祀，供宾客乎？将衒外以惑愚瞽乎④？甚矣哉，为欺也！"

【注释】

　　①杭：今浙江杭州。

　　②烨然：灿烂耀眼的样子。

　　③笾（biān）豆：古代容器，竹制的为"笾"，木制的为"豆"，在祭祀或宴会时盛菜肴、果品用。

　　④衒（xuàn）：炫耀。瞽（gǔ）：盲人。

【译文】

杭州有个卖水果的，善于保存柑子。虽然经过了寒冬酷暑也不会腐烂，拿出来还是光鲜明亮，呈现出美玉般的质地和黄金般的色泽。但是剖开后，里面干枯得像破烂的棉絮一般。我感到很奇怪，就问他："你卖给别人的柑子，是打算让人们把它摆放在盘子里，供奉祭祀时用呢，还是款待宾客时用呢？又或者是只炫耀它的外表，去欺骗傻子和瞎子呢？你骗人的手段太过分了！"

【原文】

卖者笑曰："吾业是有年矣，吾赖是以食吾躯。吾售之，人取之，未闻有言，而独不足子所乎？世之为欺者不寡矣，而独我也乎？吾子未之思也。今夫佩虎符、坐皋比者①，洸洸乎干城之具也②，果能授孙、吴之略耶③？峨大冠、拖长绅者④，昂昂乎庙堂之器也，果能建伊、皋之业耶⑤？盗起而不知御，民困而不知救，吏奸而不知禁，法斁⑥而不知理，坐糜廪粟而不知耻⑦。观其坐高堂，骑大马，醉醇醴而饫肥鲜者⑧，孰不巍巍乎可畏、赫赫乎可象也？又何往而不金玉其外，败絮其中也哉？今子是之不察，而以察吾柑！"

【注释】

①虎符：虎形的兵符，古代调遣军队的一种凭证。皋（gāo）比（pí）：虎皮，引申为铺有虎皮的椅子，为武将所坐。

②洸（guāng）洸：威武、勇猛的样子。干城：盾牌和城墙，喻指捍卫国家的将士。

③孙、吴：孙武和吴起，都是春秋战国时的军事家，而且都写过有关军事的著作。

④峨：高耸。在这里用作动词，即"高高地戴着"。大冠：指文臣

戴的官帽。绅：腰间束的带子，为古代文臣或士绅的衣服装饰。

⑤伊、皋：伊尹和皋陶。伊尹，商汤时的名臣，曾辅佐商汤击败夏桀，建立商朝政权。皋陶，上古虞舜时的大臣，以执法公正著称。

⑥斁（dù）：败坏。

⑦糜（mí）：耗费。廪粟：谓食廪，公家供给的粮食。

⑧醇醴（lǐ）：味美醇厚的酒。饫（yù）：吃饱。

【译文】

卖水果的人笑着说："我从事这一行业已有好多年了，我就依靠它来养活我自己。我卖柑子，人家买柑子，还没有听到过别人有什么议论，为什么唯独不合你的心意呢？在世间玩弄欺骗手段的人那么多，难道说只有我一个人吗？只不过是你并没有考虑过这个问题。现在那些手掌兵权、坐在虎皮大椅上的人，威风凛凛得好像是保卫国家的人才，他们果真能拿出孙武、吴起那样的韬略吗？那些高戴官帽、腰垂长带的人，气宇轩昂得好像是朝廷的重臣，他们果真能建立伊尹、皋陶那样的功业吗？盗贼蜂起而不知道如何去抵御，百姓穷困而不知道如何去救济，官吏狼狈为奸而不知道如何去查禁，法纪败坏而不知道如何去整顿，白白耗费国家的粮食而不觉得羞耻。看他们一个个坐在高堂之上，骑着高头骏马，痛饮美酒而饱餐鱼肉的样子，哪一个不是高贵得令人望而生畏、显赫得让人称美不止呢？又有哪一个不是金玉其外、败絮其中呢？现在你对这些都视而不见，却反过来盯着我的柑子！"

【原文】

予默默无以应。退而思其言，类东方生滑稽之流①。岂其忿世嫉邪者耶？而托于柑以讽耶？

【注释】

①东方生：东方朔，字曼倩，汉武帝时任太中大夫。他善于用诙谐的话对皇帝进行规劝。滑（gǔ）稽：口才敏捷，能言善辩。

【译文】

这时，我默默无言，不知该如何回答。回来后再想想他说的这一番话，觉得他很像东方朔那类能言善辩、诙谐机智的人。难道说他是愤世嫉俗的人吗？他是在用柑子来讽刺时势吗？

名师点评

这是一篇著名的寓言体讽刺散文，作者假托卖柑者的言论，讽刺了"金玉其外，败絮其中"的官员，反映了作者对不公平现象的愤怒之情。正如清人吴楚材所评论的："满腔愤世之心，而以痛哭流涕出之。"

延伸阅读

传奇军师刘伯温

刘基，字伯温，元朝末年中进士，曾任江西高安县丞、江浙儒学副提举、江浙省元帅府都事等职，因为与黑暗的官场格格不入，长期辞官隐居。朱元璋占据应天（今江苏南京）之后，将刘基请到自己的幕府之内，委任为谋臣。自此之后，刘基尽心竭力帮助朱元璋争夺天下，他运筹帷幄、筹划全局，为明朝的建立立下汗马功劳。明朝建立后，刘基被封为伯爵，担任御史中丞兼太史令、弘文馆学士等职。

在民间，也流传着"三分天下诸葛亮，一统江山刘伯温；前朝军师诸葛亮，后朝军师刘伯温"的说法。

学海/拾贝

☆ 涉寒暑不溃，出之烨然，玉质而金色。剖其中，干若败絮。

☆ 又何往而不金玉其外，败絮其中也哉？